献璞集——华中科技大学大学生诗歌选（第二辑）

编委会

执行主编：刘金仿 索元元

编　委：路成文 李军均 谢超凡

献璞集

——华中科技大学大学生诗歌选（第二辑）

华中科技大学国家大学生文化素质教育基地　组编

华中科技大学出版社
http://press.hust.edu.cn
中国·武汉

图书在版编目(CIP)数据

献璞集：华中科技大学大学生诗歌选.第二辑/华中科技大学国家大学生文化素质教育基地组编.—武汉：华中科技大学出版社,2023.10
ISBN 978-7-5680-9499-3

Ⅰ.①献… Ⅱ.①华… Ⅲ.①诗集-中国-当代 Ⅳ.①I227

中国国家版本馆CIP数据核字(2023)第104531号

献璞集——华中科技大学大学生诗歌选（第二辑）
Xianpuji：Huazhong Keji Daxue Daxuesheng Shigexuan (Di'erji)

华中科技大学国家大学生文化素质教育基地　组编

策划编辑：钱　坤　杨　玲
责任编辑：余晓亮
装帧设计：原色设计
责任校对：张汇娟
责任监印：周治超

出版发行：华中科技大学出版社（中国·武汉）　　电话：(027) 81321913
　　　　　武汉市东湖新技术开发区华工科技园　　邮编：430223
录　　排：华中科技大学惠友文印中心
印　　刷：湖北新华印务有限公司
开　　本：710mm×1000mm　1/16
印　　张：13.5　插页：4
字　　数：131千字
版　　次：2023年10月第1版第1次印刷
定　　价：78.00元

本书若有印装质量问题，请向出版社营销中心调换
全国免费服务热线：400-6679-118　竭诚为您服务
版权所有　侵权必究

夏雨诗社受邀成为"广西期刊传媒集团南方诗歌传播中心战略合作伙伴"

夏雨诗社被评为五星社团

癸卯玉兰诗会·吟春

玉兰诗会

诗歌朗诵

诗会活动

一

纪念海子诗会

外国留学生参加诗社活动

国魂凝处是诗魂

杨叔子

一

笔者曾为江苏高邮颜仁禧先生编著的《诗风吹绿校园春》(续集)作序一首七绝:

> 诗风吹绿校园春,
>
> 米寿诗翁续力耘;
>
> 寄愿儿孙诗志在:
>
> 国魂凝处是诗魂。

写后,笔者豁然感悟到,"国魂凝处是诗魂"这一自然流出笔端的诗句,正是笔者这些年来力主诗教、力主"文化要继承,经典须诵读,诗教应先行"这一论点的高度概括。

什么是国魂?它是国家灵魂,国家品格,民族精神,民族传统,国家、民族精粹的艺术表达。之所以最终写出与感悟到"国魂凝处是诗魂"这点,很可能是中华诗词学会中华诗教促进中心有的同志一再援用美国著名诗人惠特曼所讲的一句话引起的,这句话是:"看来好像很奇怪,每一个民族的最高凭证,就是它自己产生的诗歌。"无怪乎在外交对话中,往往都会引用本民族精彩的诗句。当然,以前,笔者已深切认识到:《诗经》代表了一部三千多年前的文学艺术史,也可说是一部文化史,其中繁星满天,佳作如林,新苗蓬勃的诗歌发展史就是一条"主脉"。同时,笔者还认识到:民族文化是一个民族的"基因",没有民族自己的文化,就没有这个民族;没有民族自己的诗歌,当然也就没有这个民族。我国诗歌,以其极富感情的语言、极为精美的形式、极为深邃的内容、极为活跃的思维、极为纯朴的境界、极为明显的民族特色,作为民族文化璀璨的明珠,焕射着中华民族文化的夺目光芒。

国魂的核心是强烈的爱国主义,国魂的"基因"是高超的文字语言,国魂的感性体现是丰富动人的情感,国魂的理性体现是开拓活跃的思维,国魂的精髓就是广博深刻的哲理。作为文化明珠的诗歌,不仅与此密不可分,而且以极为动人的艺术形式凝聚着国魂的方方面面,这一凝聚就是诗魂。

爱国主义是作为世界唯一最古老的民族、文明的中华民族、中华文明能延续至今的决定性因素，而爱国主义正是我国诗歌的主旋律。"天下兴亡，匹夫有责。"从《诗经》的"岂曰无衣，与子同袍"，到陆游的"一寸丹心空许国，满头白发却缘诗"，到鲁迅的"灵台无计逃神矢，风雨如磐暗故园"，到吉鸿昌临刑前的"国破尚如此，我何惜此头"，到今天李正常赞归国人员的"粪土他邦百万金，归情切切意沉沉"，我们就可想象到大诗人郭沫若同志在纵笔填写词《西江月·谒晋冀鲁豫烈士陵园》时激动之深情，这首词下片是："松柏青青千古，乾坤正气淋漓。问君何处去寻诗？诗曰在斯在是!"爱国气节，爱国诗篇，掷地胜过金玉之声。

爱国还是具体的而不是抽象的，是实在的而不是空洞的。爱国之爱首先是对人民之爱，对群众之爱。没有人民，没有群众，哪还有什么国家？"天地之间，莫贵于人。""民为邦本。"这是我国自古以来的至理名言。杰出的诗人大都是杰出的志士仁人，深深爱着人民，关心群众痛苦，与民众心心相印。从《诗经》中大量同情民众的疾苦、愤斥残酷剥削者的诗篇，到屈原的"愿摇起而横奔兮，览民尤以自镇"，到李纲的"但得众生皆得饱，不辞羸病卧残阳"，到张养浩的"兴，百姓苦；亡，百姓苦"，到郑燮的"衙斋卧听萧萧竹，疑是民间疾苦声"，到丘逢甲的"四百万人同一哭，去年今日割台湾"，到毛泽东的"喜看稻菽千重浪，遍地英雄下夕烟"，这些诗句无不以民之忧为忧，以民之乐为乐，置身于民之中。

爱国、爱民，就自然会爱祖国河山，"气蒸云梦泽，波撼岳阳城"，赞叹山河之壮丽；"好山好水看不足，马蹄催趁月明归"，情融风光之秀美；会爱民族历史，"夜深细共荆妻语，青史青山尚未忘"（连横1925年《台南》诗），细诉对神州、对台湾之挚爱；会爱自己的家乡，"受命不迁，生南国兮；深固难徙，更壹志兮"，倾尽对故土的依恋；会爱自己的父母，"哀哀父母，生我劬劳"，深铭父母养育之恩情；会爱自己的配偶，"曾经沧海难为水，除却巫山不是云"，彰显夫妻感情之永恒；会爱自己的朋友，"洛阳亲友如相问，一片冰心在玉壶"，"思君若汶水，浩荡寄南征"，"平生不解藏人善，到处逢人说项斯"，焕射着朋友深情厚谊的高山流水知音光彩！如此等等，何胜枚举！诗人及其诗将这一切与自己融成一个整体，凝成一个生命，这就是有血有肉的爱国主义。

二

国魂的"基因"是高超的文字语言。文化是人类社会的"基因"。生物基因就是DNA（脱氧核糖核酸）的片段，而DNA是由千千万万个A、G、C、T这四种核苷酸作为最基本的构件而组成的双螺旋形状结构这一长链，基因即其片段。显然，文化这个"基因"的"核苷酸"就是文字，文字这个"核苷酸"按规律的组合就是语言，而这一组合的集成就是人类社会的"基因"，即文化。人类本身有3万多个生物基因，其中有的重要，有的不重要，而诗歌是文化"基因"中的特别重要的"基因"。教育部原负责人之一的柳斌同志就语言写了10首诗，叫作《"语论"十首》，写得很深刻，特别有几句可谓"一针见血"："人文为何物？语言乃其宗。""匠心织思绪，语魂实诗魂。"语魂实诗魂！诗就是语言，就是一种特殊语言，难以用更概括的名称来称呼，就只能叫作"诗的语言"，叫作"诗"。没有汉字，就绝不会有汉语言；没有汉字与汉语言，就绝不会有汉文化，当然也就没有中国诗歌、中华诗词。在这里，不能不提到俄罗斯经济学院教授弗拉基米尔·波波夫2004年10月11日在俄罗斯《政治杂志》刊物上发表的文章《通向巅峰的途中》。此文指出，中国之所以能作为唯一的文明古国延续至今，并正在走向新的巅峰，原因在于文化；这个文化有三个特点，即令人惊叹的象形文字，浩瀚如海的文献，精神生活的崇敬祖先。他认为，只有中国将象形文字一直保持到今天，其他民族或早或晚地都已改用字母，而中国却没有发生这种变化；以这种文字构成的语言，所记录下的五千年历史之详尽，是世界文化中所罕见的，加上，对祖先的崇敬，就决定了民族文化的继承性。他确认，这一继承性将古老与现实连接起来，积累成了中国智慧的宝库。而这一继承就是发展过程中的继承，也是继承中的发展。

国魂的感性体现是丰富动人的情感。我们一般都知道，所谓的国力主要包含经济实力、军事实力与民族凝聚力。其中，关键是民族凝聚力。天时不如地利，地利不如人和，人和就是民族凝聚力，民族凝聚力就是对民族文化的认同。这表明民族文化具有强大的凝聚力。国魂具有凝聚力，诗魂更是如此，我国传统佳节之一的中秋，其主题是团圆，凝聚在一起。"海上生明月，天涯共此时"，"一夕高楼月，万里故园心"，"但愿人长久，千里共婵娟"，这种中秋名句绝非少数。至于以月为题，表达怀念、凝聚、团圆之念的佳句，则比比皆是："共看明月应垂泪，一夜乡心五处同"，"露从今夜白，月是故乡明"，"月明千里，隔江何处山"；以至于吕本中的词《采桑子·恨君不似江楼月》"念人之思，感人之情，深沉朴质，酣畅淋漓"。对亲友如此，对家乡如此，对祖国更是如此！"人情同于怀土兮，岂穷达而异心。"对于"魂销汉使前"的苏武，"回日楼台非甲帐，去时冠剑是丁年"，面对"云边雁断胡天月"，历尽19年的万般折磨，一直为回归祖国而魂牵梦萦，心向故土的情感何等深厚！

古谚语云："精诚至处，顽石点头。"人是人，物是物，主观是主观，客观是客观，但人之所以为人，诗人之所以为诗人，因其能对无情的物赋予因人因势而异的情感，"任是无情也动人"，使物"活化""情化"。"感时花溅泪，恨别鸟惊心"，花因人之深切感伤而情化为之溅泪，鸟因人之惜别痛离而情化为之哀鸣惊人。"颠狂柳絮随风舞，轻薄桃花逐水流"，"落絮无声春堕泪，行云有影月含羞"，柳絮活化为颠狂，桃花活化为轻薄，春情化而以落絮为己之堕泪，月情化而以行云之影为己掩盖含羞之容。其实这一切皆诗人真情赋予而得的感受。所谓触景生情，寓情于景，情景交融，皆文字语言的艺术力量所致，诗词更不例外。无情不是诗，不美不是诗，情以美为表，美以情为基。陆机讲得好："诗缘情而绮靡。"王国维讲得更白了："诗歌者，感情的产物也。"其实，"诗言志"，

"志"的基础主要是"情"。

国魂的理性体现是开拓活跃的思维。"人为万物之灵。"什么是人？有着各种不同的讲法。德国哲学家恩斯特·卡西尔讲的很有道理："我们应当把人定义为符号的动物，来取代把人定义为理性的动物。只有这样，我们才能指明人的独特之处，也才能理解对人开放的新路——通向文化之路。"将人与文化相联系，这就站在更高一个层次上来认识人。人是有文化的动物，文化是人类社会的"基因"；正因为有了文化，就有了独立思考的精神、能力与思维。生物的基因如果没有变异，就没有生物的演化；社会的文化"基因"如果没有创新，就没有社会发展。诗，作为文化的明珠，笔者十分赞成诗的极为关键的作用就是"启智"这一论点。"启智"就是开发人天生的富有创造力的思维潜能。"启智"，启迪科学思维、逻辑思维、抽象思维、求同思维、正确思维，启迪人文思维、开放思维、形象思维、求异思维、原创性思维。各种思维，同源共生，互异互补，和而创新。戏是艺术，诗也是艺术。京剧常常讲"十戏九不同"，讲的是十分之九要求不同，要求异，要创新；又常讲"老戏要新，新戏要老"，讲的是既要创新，又要延续，在延续中创新，在创新中延续。延续与创新有不可分割的关系。基础是延续、继承,关键是创新、发展。笔者十分欣赏梁东同志引用的约翰·维科的论点:"诗性智慧就是原创性智慧。"

京剧界还常讲:"不能不像,不能真像。"为什么?因为京剧界又讲:"不像不是戏,真像不是艺。"艺术之可贵,就在于追求神似而非追求形似,即能抽象出所涉及对象的有关的最本质之元素,而坚决摒弃非本质之元素,使所描绘的对象似非而实是。诗何尝不是如此?苏轼在他的《红梅》诗中批评石延年《红梅》诗中之句"认桃无绿叶,辨杏有青枝",他写道:"诗老不知梅格在,吟咏,更看绿叶与青枝。"梅花的品格比梅花的外形更重要。什么是梅格呢?他说是"寒心未肯随春态"的"寒心"及其所显出的"雪霜姿"。这个梅格也正是毛泽东同志所讲的"已是悬崖百丈冰,犹有花枝俏"之格!这种对本质更深刻的从不同侧面的抽取而加以艺术化,也正是一种深刻的创新。

中华民族文化一贯是高度重视创新的。《诗经》中就有了:"周虽旧邦,其命维新。"在这之前,商汤就有了"苟日新,日日新,又日新""作新民"的论点。《礼记·大学》开篇就提出:"大学之道,在明明德,在亲民,在止于至善。"正因为如此,胡锦涛同志2006年1月全国科技大会讲话中准确指出:"中华文化历来包含鼓励创新的丰富内涵,强调推陈出新、革故鼎新,强调'天行健,君子以自强不息'。"我国哲理所讲的"易",就是强调"变",强调"生生之谓易",永远乐观地站在生的一边而非死的一边来看世界新的变化。江泽民同志在讲话一再引用了孟浩然的名句:"人事有代谢,往来成古今。"唐代改革派的诗人刘禹锡也是一位哲学家,写过著名的《天论》。他屡遭打击,但从不屈服,他揶揄讥讽地写道:"种桃道士归何处,前度刘郎今又来。"他坚定地支持新生事物,"请君莫奏前朝曲,听唱新翻杨柳枝","芳林新叶催陈叶,流水前波让后波","沉舟侧畔千帆过,病树前头万木春"。

上面讲了,开拓活跃的思维就是"启智",启科学思维之智,启人文思维之智,启两者相融之智。仔细读读中华诗词,深入想想诗词内涵,就会感悟到确系如此。"人生自古谁无死,留取丹心照汗青。""身无彩凤双飞翼,心有灵犀一点通。"有了上句道地的科学根据,才有下句动人的人文情怀。"睫在眼前长不见,道非身外更何求。"有了上句这一客观存在,才能做出下句情感推论。"空床卧听南窗雨,谁复挑灯夜补衣。"有了上句这一客观情景,才能导致下句由甜蜜的回忆而引起内心的极度悲哀。"惟将终夜长开眼,报答平生未展眉。"有了上句的个人实实在在的具体表现,才能有下句的充分体现个人的深厚之思念与感恩之悲情。"落红不是无情物,化作春泥更护花。"有了下句落花化为沃泥这一现实,才能有上句认为落红有情的人性赞誉。毫无疑问,那些情景交融的绝妙诗句,当然是科学与人文自然相融的产物了,当然是创新的美妙成果了。

三

国魂的精髓就是广博深刻的哲理。2004 年 11 月在华中科技大学人文讲座 1000 期上,笔者以"民族精神:中华民族文化哲理的凝现"为题,谈了对中华民族精神、中华民族文化及其哲理这三者以及这三者之间的关系的认识。笔者认为:一个民族文化的精髓就是这个文化所包含的哲理,而民族精神就是这一哲理的凝现。中华民族文化的哲理所具有的世界观、人生观、价值观所体现出的是整体观、发展观(变化观)、本质观。在拙作《经典需诵读 诗教应先行——一项弘扬与培育民族精神的战略措施》一文中,就举出了反映整体观、发展观、本质观的精彩诗句。中华民族文化含有丰富的动人情感,铸就了民族强大的凝聚力；含有开拓活跃的思维，产生了民族强大的创造力；而其含有的广博深刻的哲理，赋予了民族强大的生命力、战斗力。这一生命力、战斗力，其实就是凝聚力与创造力的融合，使我们的民族团结一致，开拓奋进，不但不为任何敌人、困难所征服、所压倒，相反，而是最终能战胜、压倒这一切敌人、困难，向前发展。

哲理是概括一切道理的道理。哲理，站得高，看得远，望得全，思得深，站得稳。"居高声自远，非是藉秋风"，"欲穷千里目，更上一层楼"，"不畏浮云遮望眼，自缘身在最高层"，既是绝妙诗句，更是哲理名言。"登泰山而小天下"，信然！"少壮不努力，老大徒伤悲"，"黑发不知勤学早，白首方悔读书迟"，"劝君莫惜金缕衣，劝君惜取少年时"，"莫等闲，白了少年头，空悲切"，是的，一切得从年轻时做起，"合抱之木，生于毫末"；文嘉写的《昨日诗》《今日诗》《明日诗》，关键是要抓紧年轻时代的今天，"努力请从今日始"！"不识庐山真面目，只缘身在此山中"，"试玉要烧三日满，辨材须待七年期"，要跳出"我执""他执"，脱出羁绊，方能看清。"努力崇明德，皓首以为期""其身与竹化，无穷出清新""纸上得来终觉浅，绝知此事要躬行"，要以德为先，聚精会神，力学笃行，长期不懈。曾国藩给他弟弟曾国荃写了一首很有哲理的诗，告诫在事业光辉之际，头脑应清醒："左列钟铭右谤书，人间随处有乘除。低头一拜屠羊说，万事浮云过太虚。"他要曾国荃好好读读《庄子·让王》中的屠羊说故事。这是十分深刻的。

诗人往往懂得哲理，甚至是哲学家。一位杰出的诗人，一定有很高的思想境界与很活的思维方式，这就不可能不使他的世界观、人生观与价值观有着正确而又独特的取向。李白的"安能摧眉折腰事权贵，使我不得开心颜"，于谦的"粉骨碎身浑不怕，要留清白在人间"，王冕的"不要人夸好颜色，只留清气满乾坤"。真是难计其数！康熙是一位很有才华的皇帝，他送给山西陈廷敬这位很了不起的大臣一副对联，其实也是一联诗："春归乔木浓荫茂，秋到黄花晚节香。"我国古代志士仁人一贯重视气节、晚节。"人生自古谁无死，留取丹心照汗青"，这一朴实无华而又十分精彩的艺术语言，充分彰显了文天祥成仁取义的伟大气节。

绝妙的诗句，往往涵蓄深刻的哲理。看起来，似乎就是所写的那么回事，想起来，可是其味其意无穷。"两岸猿声啼不住，轻舟已过万重山"，看来只是以欢悦心情写出犯大罪逢大赦之时所闻所见之景色，其实含有情景交触的深刻哲理。"纵使晴明无雨色，入云深处亦沾衣"，难道这只是写进入深山老林之中的实际情况吗？"妆罢低声问夫婿，画眉深浅入时无"，难道只是写新婚洞房夫妻之间的画眉之乐吗？"千门万户曈曈日，总把新桃换旧符"，难道只是写大年之日更换桃符这一欢乐场面吗？其实，这不仅蕴含了诗人想讲而没讲的话，还蕴含了诗人尚未想到而可开拓出的意境与真理。所以，笔者体悟到诗就是：以最精炼、最美好、最富感情、最富内涵而又最能开拓境界的语言来表达的人生感悟与哲理。

费尔巴哈对人的认识是很有道理的。他认为："一个完善的人，是具有思维的能力、意志的能力和心情的能力（的人）。思维的能力是认识的发达，意志的能力是性格的力量，心情的能力就是爱。"如是将这一认识加以深化与推广，所提出三点就是文化的内涵，就是诗魂的内涵：思维的能力、认识的发达就是开拓活跃的思维；意志的能力、性格的力量是广博深刻的哲理；心情的能力、爱就是丰富动人的情感。这是自然的。不谈文化，不能够去实践文化的哲理，就不能算一个完善的人；而诗十分有助于人的完善，有助于人的立德、启智、健心、育美、燃情与创新，即有助于人的素质的提高，此亦即有助于马克思所讲的人的自由而全面的发展。众所周知，国民素质是一个国家的第一国力，当然也是国魂根本所系。

"华夏赖正气，诗魂壮国魂。"国魂盈正气，正气化诗魂。这就是"国魂凝处是诗魂"吧！

（本文原载《华中科技大学学报（社会科学版）》2009年第6期。稍作修改，作为本书序言。）

目录

上卷　古诗词

子规曲　2
残阳古道行　3
征人叹——读高建群《最后一个匈奴》有感　4
登喻家山　6
临归期坝上游作　7
归田　8
春夜思　9
无题　9
夜见　10
子夜歌　10
夜宿山中　11
无眠　11
雪　12
相思　12
杂思　13
离赠　14
醉太平　14
黄沙吟　15
远行　15

16	咏子胥
16	咏苏武
17	咏梅
17	咏董仲舒
18	秋分杂感
18	咏蔺相如
19	梧桐秋
19	伤冬
20	桂
20	林夕
21	记二月二日新雨
21	咏松
22	咏竹
22	咏庐山松
23	咏杨柳
23	咏玉兰
24	故园樱
24	咏雁
25	咏牡丹
25	咏竹
26	咏薇
26	咏桂
27	咏木槿
27	夜怨
28	咏锦鲤
28	游井冈山
29	三月二十七日核酸检测回程见闻
29	送故人归
30	自命

目录

秋日寄潇湘友人	30
二月廿八无题有寄	31
游湖后作诗有感	31
悼金庸先生兼自省	32
秋夜	32
秋晨闻路人歌有感	33
路遇银杏有感	33
图书馆寻书有感	34
寒冬怀祖父	34
闻竖子折玉兰有感	35
大雾感时事	35
登喻家山	36
咏月	36
记游三峡人家	37
忆东轩客	38
感英雄慷慨赴援疫区颂	38
分韵得安字记闲	39
相思	39
于蓟州十年有感	40
如梦令	41
如梦令	41
如梦令	42
忆江南·寻燕	42
忆江南	43
忆江南	44
忆江南	45
忆江南	46
忆江南	47
忆秦娥	48

48	虞美人·海棠
49	蝶恋花·棠雨
49	蝶恋花·车上作
50	蝶恋花·山城夜别
50	蝶恋花
51	蝶恋花·分韵得见字
51	蝶恋花·遇梅
52	青玉案
52	青玉案
53	青玉案·悠然
53	青玉案·步韵逸轩聊忆喻家诸子
54	江城梅花引
54	江城梅花引·庚子春京汉联吟
55	江城梅花引·庚子春京汉联吟
55	鹧鸪天
56	鹧鸪天
56	鹧鸪天
57	鹧鸪天
57	鹧鸪天·暮春
58	鹧鸪天
58	鹧鸪天·莲
59	鹧鸪天
59	鹧鸪天
60	鹧鸪天
60	鹧鸪天
61	鹧鸪天
61	鹧鸪天
62	鹧鸪天
62	鹧鸪天·雪夜月食

目录

鹧鸪天	63
鹧鸪天	63
一剪梅	64
一剪梅·七夕	64
浣溪沙	65
浣溪沙·江城寒潮琴院夜归	65
浣溪沙二首	66
浣溪沙·晨起见窗外玉兰花开	67
浣溪沙·代赠	67
浣溪沙	68
浣溪沙	68
临江仙	69
临江仙·饮酒	70
临江仙	70
临江仙	71
临江仙	71
临江仙·忆小友	72
清平乐·梅	72
清平乐	73
清平乐	73
清平乐·忆友	74
清平乐	74
清平乐·山野凉夏	75
踏莎行·夏雨诗社丁酉荷花社课	75
长相思	76
长相思	76
长相思	77
生查子·联吟分韵得望字	77
霜天晓角·联吟分韵得望字	78

78	西江月
79	阮郎归
79	阮郎归
80	阮郎归
80	水调歌头
81	唐多令
81	唐多令
82	一斛珠
82	武陵春
83	行香子
83	少年游·送友之北大
84	定风波·清愁
84	定风波
85	喝火令
85	喝火令·喻岱桥
86	南乡子·迟怀
86	南乡子·别思
87	破阵子
87	望海潮
88	眼儿媚
88	八声甘州
89	瑞龙吟
90	瑞龙吟
91	玉蝴蝶
92	沁园春
93	金缕曲·瑜山国学社十三周年送老
94	暗香·江城大雪
95	满庭芳·有友曾寄梅花书签今用之于白石词
96	满庭芳·不弃经年

齐天乐·丁酉中秋夏雨诗社访春英诗社步张攀韵 97
烛影摇红 98
凤凰台上忆吹箫·吊屈原 99
水龙吟 100
瑞鹤仙 101
摸鱼儿·黄山 102

下卷　新诗

一首春天的诗 104
日出 105
晚照 106
午后 107
也未可知 109
旧地 110
无题 111
黑夜的眼睛 112
本 113
迷迭香 114
祈江城 116
蜜蜂与禅 117
莎士比亚 118
我看见走得更远的孤歌——那些默默无闻的战"疫"英雄 120
写给你 122
白天 124
亲爱的贝洛纳斯 125
凤鸟 127
列车 128
周五 129

131	无题
133	拟
134	湖边漫步
136	同歌且行
137	少年游
139	夜色
141	远行前夜
143	如果未曾相遇
145	雪与舞
147	神秘花园（四首）
150	也随我，春天
152	暗自下雨
153	爱情与旗子
155	残章：布莫让以及遥远的
157	岔路
158	小窗
159	雪与你与夜的相思
161	雪
163	无题
165	在鹿喝水的地方
167	无关风月，分外想你
170	初雪乍喜——我的第一场雪
171	睁眼到天明
173	嗜泪
174	翠绿
175	午后
176	痛
178	梅
179	苦涩

目录

连绵阴雨 180

子夜感怀 181

走，去拉萨 182

二月十六 183

夜 184

第一首诗 186

后记 188

上卷

古诗词

子规曲

许皓洋（集成电路学院 2021 级）

澄江似锦，翠嶂如屏。

江流千里沃，山低万丈云。

云间生幽谷，烟霭暗青林。

不见蜀道登天处，但闻凄然怨鸟鸣。

声声欲唤春归去，黯黯犹凝长恨心。

行杖倦倚斜阳暮，蛾眉不展锁空庭。

那堪复听断肠语，竟起无限怅离情。

彼子规兮，奈何作此音！

君不见西川远，望帝空自负生灵。

君不见相思遍，悲魂不甘落渊冥。

彼子规兮，应是意难平！

三月轻晓杨花尽，四月寂晚孤月明。

一朝泣绝千秋血，遍染飞红万山晴。

残阳古道行

安然（光学与电子信息学院 2022 级）

行道侵古没流年，独枝斜火下江关。

尽路碑阴仆秋尘，苦留苔啮一砌寒。

寂寂车旅行将晚，石马伫客嘶不前。

漫目残旗陈师鉴，朔风如铁枯木咽。

却闻道有悲者叹，此乃旧时锦官商路焉！

荒翠新乱织成霰，云烟离痕何人见。

江潮颓日浴碧渊，海暮遥落接辰天。

数鸦点破千里红，一隅萧色付残垣。

可怜古道人不识，往来著泪化风雨。

征夫戟折销故迹，青泥怀恨湿溟濛。

尔来万空人与事，飞作一片孤鸿去。

慰酒以歌休按止，他年野陵悼我知何处！

证人叹

——读高建群《最后一个匈奴》有感

李乐川（材料科学与工程学院 2022 级博士）

明明玉轮似流水，银河欲落忆广寒。

滚滚车毂来复去，广漠孤城清角开。

尘起万丈绝边土，马蹄声烈送孤雁。

天低云暗群峰远，鼓震车鸣巨阵来。

愿君再把杨柳折，将士征战梦死生。

朔风乍起四十载，青丝暮雪血欲沉。

壮士帐中枕难眠，绵绵忧思伴胡尘。

孤鸿号尽征人苦，玉楼春断泣妇梦。

梦里穷边破楼兰，思郎托飞终已还。

相见无言只相望，怨酒入肠难相会。

神回静坐冷席边，孤迥无情穿玉帘。

含情欲出寻郎君，不见君在天涯间。

沽来难觅英雄泪，而今已漫东流水。

含恨帝王重红颜，坟茔逶迤乱尘埃。

万里疾驰寻故园，踏尽春色追红颜。

谁知鹊桥再相会，不负千年闺中怨。

转阁迎门入高墙，落花葬魂不忍看。

千山两隔咫尺间，鹧鸪飞还窥阑珊。

影罩深林风阵阵，荒入青冢草萋萋。

千绪已断万事休，尘世孤身空落涕！

登喻家山

李斌（人文学院 2021 级）

七秩年华未曾骄，当年开拓赐今朝。

荆楚气象赋百韬，千里纵贯江风飘。

苍松翠柏掣山坳，落红凡花斗浅深。

鸟鸣几点林愈静，长阶一泻扶摇上。

剑锋逶迤呼云盘，不到深处不回环。

颗颗珠滴欲蘸睑，行者相竞寻夏刍。

凤凰台上观百茂，醉晚亭中人影姣。

横笛惊起凤头鹏，睡莲倦容宿钓苔。

游鱼徒羡潇湘月，曾照行客万里身。

荷叶濯濯满池皋，风卷桂花夜来香。

临归期坝上游作

李亦（电气与电子工程学院 2017 级）

廿岁归乡族，家亲坝上游。

一窗山晓色，十里溃横丘。

泼墨云间鞘，霜寒十四州。

天公下橡笔，百马话封侯。

碌碌仓皇事，暮光浮两洲。

云灯研赤豆，街月落飞鸥。

听鼓安闲得，明朝多几忧。

舍身晗永夜，惊梦丽人羞。

渡远客荆楚，无期可共舟。

归 田

付琳清（人文学院 2021 级硕士）

凤城十丈尘，宦海九折艰。

雍雍红莲幕，熙熙车马喧。

忽羡东陵子，日日青州曲。

田有青黍苗，炊烟入云间。

华庭闻鹤唳，思归屋边燕。

酒阑又歌罢，谁堪世间仙？

春夜思

尹之燾（光学与电子信息学院 2022 级）

微风拂细草，雪尽知春到。

春雷惊蛰起，夜雨落檐梢。

帘下声渐悄，仍怜故乡邈。

遥想红楼妆，流光蛾眉照。

拨弦诉思意，举酒以愁消。

凝恨对残月，忆君君不晓。

无题

李皓阳（机械科学与工程学院 2020 级）

丹桂红如月，玉兰黄若离。

谁家沽楚韵，我欲买乡音。

夜见

李亦（电气与电子工程学院 2017 级）

良夜流江山，残月枕星船。
长灯短孤影，东风四方寒。

子夜歌

李亦（电气与电子工程学院 2017 级）

遥想碧云阔，君家多嵯峨。
堪愁一箪月，泠泠素星河。
晴日满狼藉，还壁照灯和。

夜宿山中

付琳清（人文学院 2021 级硕士）

霜落万枝红，寒鸦点远空。

松风绉水月，夜半玉山钟。

无眠

黄丹璇（新闻与信息传播学院 2022 级硕士）

灯落星河粲，杯空醉意阑。

思君君不返，望月月生寒。

雪

胡勇（武汉光电国家研究中心2022级硕士）

不问来何处，无寻去甚形。

匆匆生已足，炽忆早留心。

相思

陈海锋（物理学院2022级硕士）

佳人难相约，美酒以为期。

酣然断萦怀，醉倒陷情思。

杂思

李亦(电气与电子工程学院 2017 级)

其一

星河明在野,夜夜渡光华。
一梦人间客,相逢会槎枒。

其二

疏雨一星鸦,枯黄抚月牙。
云灯楼尽处,何故未归家。

其三

十载茕茕漂泊客,百年有幸复光华。
翰林四宝高才最,宰相衙中弄旧琶。

离赠

旦佳（人文学院 2016 级）

暮近无声当弄弦，凭栏风渐恰听泉。

青青湖畔捉衣柳，夜半怜歌照北眠。

醉太平

旦佳（人文学院 2016 级）

引弦月阙桂痕新，楼外灯街曳酒人。

昨夜长安高阁上，许君来日下凡尘。

黄沙吟

旦佳(人文学院2016级)

半指残阳半染襟,楼兰北问向南心。
黄沙烈烈西风断,一曲衷肠动谷音。

远行

旦佳(人文学院2016级)

素手轻摇行道灯,犹疑莫怕露袍登。
华松亭下清樽晚,来日尝君一片冰。

咏子胥

谢雯（护理学院 2016 级）

覆巢之下泪空流，寻取吴钩报父仇。

却恨夫差怜美色，又添当日楚人愁。

咏苏武

何韫露（管理学院 2015 级）

苏卿放牧望鸿飞，数岁风寒守帝威。

长史无功授都尉，谁仍自苦绝心归。

咏梅

赵润哲（人文学院 2016 级）

疏枝横影玉楼东，香沁云衫又几丛。
惆怅未妨零落去，东君不向乞春风。

咏董仲舒

吴天一（环境科学与工程学院 2016 级）

春秋数语拜江都，孔孟为言斥一夫。
错把天人疏上字，奈何风骨不如朱。

秋分杂感

燕陵零（光学与电子信息学院 2019 级）

倦倚前窗听叶动，闲歌偶尔探光无。

南乡不解秋分意，木落温吞总慢逋。

咏蔺相如

陈鹭晴（人文学院 2020 级）

美璧无疵假作斑，秦王错信巧离关。

可怜公瑾玲珑计，折将难收旧土还。

梧桐秋

周杰（人文学院 2022 级）

晨曦微露雾沁濛，梧桐喻珞桂成风。
潜入艮坤生万物，金秋正浓话相逢。

伤冬

刘卓昕（计算机科学与技术学院 2022 级）

月明星稀一鸿孤，夜深风寒万木枯。
满目萧索何时够，又是一年四季无。

桂

刘卓昕（计算机科学与技术学院2022级）

晨闻桂香夜赏月，疫魔难阻归家切。

浮云漂泊何处歇？游子思乡意难却。

林夕

崔一帆（武汉光电国家研究中心2022级硕士）

步入亭轩近酒家，遥觉凤凰舞新花。

云消曲尽芳菲现，绣面生香弄宝鸭。

记二月二日新雨

吴舒阳（光学与电子信息学院 2022 级）

时风时雨时又晴，立窗远眺望长星。
雾影重重山内外，早有旧雨路上行。

咏松

龙啸（管理学院 2015 级）

矗立危崖岸，夭斜傲凛冬。
犁天惊九凤，探海扰游龙。
万丈巍同日，千年寿比榕。
唏嘘何所拟，古圣亦相从。

咏竹

李根（临床学院 2016 级）

亭亭园里竹，冬至绿尤浓。

大雪纷飞后，方知俊秀容。

萧萧花色尽，飒飒叶声重。

独念坚贞意，希君赦箨龙。

咏庐山松

成龙（生命科学与技术学院 2015 级）

魂尽千山外，身居五老峰。

雨迷青尚在，云翳影还重。

枝险惊鸢鸟，质高卧老龙。

因思越庐子，问道寻寒钟。

咏杨柳

江伍凤（能源与动力工程学院 2015 级）

袅袅湖边柳，花开二月中。

风催长袖展，雨浸秀眉浓。

絮续因风起，杨炀赐姓荣。

何须折弱质，别后亦相逢。

咏玉兰

赵润哲（人文学院 2016 级）

惠风拂故土，轻解白绡绫。

堆雪香尘冷，团霞清气蒸。

绛珠怜影落，青女恨云升。

问我今何忆，相思一味冰。

故园樱

赵润哲(人文学院 2016 级)

遥忆小园樱,参差立静庭。

一枝霞霭赤,半抹水烟青。

落拓盈香浅,葳蕤引鹊轻。

最妨花解语,难解我乡情。

咏雁

肖汝莉(管理学院 2015 级)

知人离别苦,展羽至天涯。

月起千山度,云藏一字排。

衡阳声未断,塞北骨先埋。

万里空劳顿,新笺误旧怀。

咏牡丹

王金壮（生命科学与技术学院 2015 级）

曾居富贵家，绝艳入皇阶。

国色动寰宇，天香漫海涯。

万枝铺锦绣，一瓣点珠钗。

春日花争冠，唯君可得佳。

咏竹

杨珺颖（临床学院 2016 级）

独坐修篁里，秋声上石阶。

细香浮墨砚，幽意满书斋。

直节欺霜雪，虚心愧等侪。

七贤何磊落，明月照人怀。

咏薇

黄乔（建筑与城市规划学院 2016 级）

径寸花开紫，春来自绕阶。

昔为贫户饭，曾傍首阳骸。

声与名犹在，枝兼叶尽埋。

长生随百草，摇落不伤怀。

咏桂

吴天一（环境科学与工程学院 2016 级）

中庭闲信步，树影暗襟怀。

暖色援琼皎，寒香起玉阶。

轻黄无可比，淡迹不能埋。

欲语良家子，休寻金凤钗。

咏木槿

高宜欣（临床学院2016级）

苍灵听絮雨，独寂暗香埋。

昔夜朱明至，今朝绛暗揩。

香闻何处槛，影落几家阶。

只是红颜少，朝开暮难捱。

夜怨

付琳清（人文学院2021级硕士）

泪烛独照影，红袖瘦伶仃。

行舫芙蓉浦，停杯翡翠屏。

银笺寄密意，玉镜照空庭。

孤影倚朱户，梦归细柳营。

咏锦鲤

陈鹭晴（人文学院 2020 级）

客至喧声起，鱼惊动碧池。

红鳞浮曙色，赤尾浣清漪。

伴月通禅意，听风寄梵思。

空闻钟磬乐，不解世间痴。

游井冈山

李永昭（能源与动力工程学院 2022 级）

白雾描黛山，金光割翠树。

苔石溅碎玉，幽径迎仙露。

细草小蛇惊，水鸣虫声隐。

偷得半日闲，细听山水语。

三月二十七日核酸检测回程见闻

吴舒阳（光学与电子信息学院 2022 级）

晓看朝阳边，碧波拥粉黛。

信步行由道，独有人徘徊。

遥问树下者，何故擎伞开？

想是时风起，花雨满肩来。

送故人归

沈育明（光学与电子信息学院 2022 级）

秋雨何曾住？秋山亦不明。

梦回残思断，风枕夜潮生。

辗转知难定，浮沉惜少平。

他年重别日，休益此时情！

自命

李亦（电气与电子工程学院 2017 级）

我绘经年一笔真，逍遥不过画中人。

茕茕半载七言句，陌陌十年六尺身。

永夜初晗沉旧梦，光华将尽迤新辰。

汉江水满三千里，一叶相思一叶君。

秋日寄潇湘友人

赵润哲（人文学院 2016 级）

绣帘雾透沉霜降，一夜江城寂寞生。

老桂红香安得叶，新梅绿蜡却堪晴。

慵看灯影寄几豆，懒倚狸花笺半声。

疑怪清宵听我梦，潇湘点滴到天明。

二月廿八无题有寄

赵润哲（人文学院 2016 级）

衰兰缀露如啼眼,漫惹炉尘作月明。

一阕歌诗招短浦,十年犬马恨平生。

武陵波老非病酒,乐府鹿喑难磬笙。

抱付东风春欲死,灵台折剑正骑鲸。

游湖后作诗有感

赵润哲（人文学院 2016 级）

初冬湖畔鸥头渡,归去凭窗寄彩词。

合似行云飞妙句,原应咬笔作新诗。

文章总恨谁先得,游迹偏寻自可期。

疑怪灵台若风影,快哉一夜老清漪。

悼金庸先生兼自省

赵润哲（人文学院 2016 级）

参差霜雨堪沽酒，一夜西风落晚晴。

何寄雪狐藏几洞，空留白马过三更。

从来佳客离时重，自古清光淡处明。

我有人间春不死，忍听堆碧作枯声。

秋夜

赵润哲（人文学院 2016 级）

澹澹辉光绮若珠，寒蝉未瑟草何枯。

风沉老月香凝桂，露隐横林叶落梧。

欲寄清觥心不似，堪摹尺素影犹孤。

遥怜白帝知乡思，一夜天星入梦湖。

秋晨闻路人歌有感

赵润哲（人文学院 2016 级）

清寒凝伫罗衣臂，十二楼头识征商。
早露一觥凉我骨，霜风半袵断人肠。
学诗总怕闻平仄，为客应怜争短长。
恍认光阴如赤轨，尘寰各自是他乡。

路遇银杏有感

赵润哲（人文学院 2016 级）

楼前平仲知吾忆，点点秋华似旧庭。
绣叶凝成今岁绛，金枝恍若去时青。
双鬟语笑零丁梦，总角飘摇各自萍。
欲向西风筹玉筚，光阴满树作天星。

图书馆寻书有感

赵润哲（人文学院 2016 级）

苍松掩映飞檐地，有客来寻简半编。

左走逢佳非顾后，右行遇巧正当前。

红砂未校经书事，碧血难吟史眼眠。

自抱绮怀何所寄，文章不过老丹铅。

寒冬怀祖父

赵润哲（人文学院 2016 级）

向昏寒凛侵纱户，抱膝轩窗望朔丘。

新雾霜浓遮墨岱，旧泥草瘦掩孤髅。

争存心念归青鸟，枉寄神灵叹翅蝣。

总恨鹤云飞隔断，难寻清梦作兰舟。

闻竖子折玉兰有感

赵润哲（人文学院 2016 级）

江城一夜春萧瑟，芳影攀开窗牖凉。

顽睇瘦云煎露碧，贪看绣雪碾狸黄。

怎疑竖子心如薛，何吊书生梦中霜。

谁念仙人捧铜至，酸风甜雨酿幽肠。

大雾感时事

赵润哲（人文学院 2016 级）

清宵折作昏时蜃，恍若风眠渡鸥头。

莽莽霜痕如敝榭，摇摇灯影似孤洲。

因遮碧眼经尘味，却隐朱弦迷北楼。

大抵浮寒攀我履，犹存肝胆鉴银钩。

登喻家山

赵润哲（人文学院 2016 级）

重山深槛却鸦昏，堪望疏枝佐酒温。

朔月未言余月影，边风已过弄朝暾。

白蹄踏尽三肝胆，墨笔书平九昆仑。

长恨孤寥堪酒饮，凭诗何妨笑王孙。

咏月

王馨逸（建筑与城市规划学院 2020 级）

婵娟皎皎缺环圆，几度秋凉不肯闲。

清影敲砧听万户，落花惊鸟映千山。

云中古月亦今月，月下新颜换旧颜。

莫论盈虚消长数，清光早晚到人间。

记游三峡人家

燕陵零（光学与电子信息学院 2019 级）

其一

渐午云积扰，无端雨骤阴。

深林穿叶去，藓路湿衣行。

长叹欲说与，喋喋唯雀鸣。

周遭人不见，冷葬一天星。

其二

渌水萦纤招远雾，青山时露楚江楼。

巴人摇棹兰舟上，散客听展巴人喉。

闲步长笛忽奏起，转身即遇琴声幽。

误入歌中不知去，竹枝压上行人头。

忆东轩客

旦佳(人文学院 2016 级)

半倾冬雨散成残,银杏何年去苦寒。

高阁赋闲催月曲,孤窗逸兴待风阑。

晓眠醉梦添今寐,未觉珠帘断昨欢。

徒忆思君清若雪,萧萧一夜满长安。

感英雄慷慨赴援疫区颂

旦佳(人文学院 2016 级)

八方英勇赴孤城,心似清风月渐明。

随处寒灯争暖意,桥边夜色奉乡情。

无眠昨暮到今暮,征战三更又五更。

壮志何须时难起,拂衣挥手自前行。

分韵得安字记闲

涂思凡（人工智能与自动化学院 2020 级）

鸣鸟啁啾行迹懒，片光摇落小窗轩。

尊师讲就十之九，走笔稍为一二三。

东渐西行书间影，朝兴暮索殿前栏。

今朝如此明如是，年复一年写长安。

相思

付琳清（人文学院 2021 级硕士）

长安目断碧云天，惊梦悲歌笼素弦。

青桂流连香腮雪，锦衾惜抚怨娥间。

满堂春醉三千客，玉笛霜寒二百关。

桂酒遥托家国意，红颜肠断何人怜。

于蓟州十年有感

吴舒阳(光学与电子信息学院 2022 级)

北靠名山南邻河,五城只把蓟州裹。

衔风带雨燕子来,冬日苍穹空辽阔。

斜阳影余三四分,路上行人八九个。

莫笑此城空寥寂,子夜时分牵星河。

如梦令

周轶卓（物理学院 2018 级）

常望窗前辞树，素鸟远声不驻。意起又灰柴，玉晚苍苔凉雾。如沐，如沐，扶手亦怜晨暮。

如梦令

周轶卓（物理学院 2018 级）

惊霁绝歌鸾凤，行步莫吹泠梦。空镜晚霜时，青锈星周浮动。相送，相送，残魄月晞云重。

如梦令

梁天瑞(物理学院2022级硕士)

花落庭前迟暮,散入夜深何处。旧径遇佳人,梦里渡心无路。停驻,停驻,却只笑眸一顾。

忆江南·寻燕

刘念瑜(人文学院2022级)

烟霞散,嫩日和风寒。未见真珠衔燕口,能闻弱雏啭春风。归去更匆匆。

忆江南

钟国荣（生命科学与技术学院 2016 级）

其一

江城好，风景若天成。黄鹤楼前云水汇，珞珈山麓百花呈，能不忆江城？

其二

东湖好，恍若画中图。落雁吹笛卧听涛，磨山赏月闲见芦，暗惜杜康无。

忆江南

周迪（口腔医学院 2016 级）

其一

甬城好，念载沐清香。河海稀肴鲜户牖，吴音清语透高樟。旧年最回肠！

其二

甬上忆，忆极是鄞州。梁祝梦回蝶恋舞，它山堰稳坐双流。长忆怎言休？

忆江南

龙啸（管理学院 2015 级）

其一

恩施好,风景惹人思。幽巷酒柔烟雨醉,小楼心巧女儿痴。能不忆恩施?

其二

恩施忆,最忆是咸丰。坪坝营边溪水笑,望城楼畔落阳红。相离畔重逢。

忆江南

曾新宇（临床学院 2016 级）

其一

江阳好，故友甚安康。日落斟酒修竹翠，月升品酒野芳香。能不忆江阳？

其二

江阳忆，最忆是泸州。绿水清灵如画稿，青山高耸似巍楼。何日复重游？

忆江南

陈鹭晴（人文学院 2020 级）

其一

江南忆，最忆是新城。五老凌霄多峭壑，万石涵翠隐黄莺。风物四时迎。

其二

江南忆，其次忆东环。涛浪声声吟夜曲，夕风袅袅下渔湾。谈笑尽欢颜。

忆秦娥

付琳清（人文学院 2021 级硕士）

歌筵畔，欢酣颓醉流霞盏。流霞盏，吹箫弄玉，凤楼轻醮。　　绿鸾归殿西风晚，玉人春梦合欢扇。合欢扇，芳音难觅，蓼红贴岸。

虞美人·海棠

旦佳（人文学院 2016 级）

晨惊骤雨阶前戏。只把花红弃。临窗看却海棠疏。孤影飘摇，莫敢问当初。　　昔年信种轻枝木。笑与残阳祝。客尘挥罢镜台妆。才晓佳人已是错庭香。

蝶恋花·棠雨

旦佳（人文学院 2016 级）

浅梦飞萤攀细雾。初醒娇柔，映盏三分妩。迟起弄妆施黛露，花容对镜沾唇素。　　夜夜清风添醉妒。歌子分窗，叹罢新棠雨。灯谢不知凝泪苦，愁长散作牵丝舞。

蝶恋花·车上作

刘品宇（物理学院 2016 级）

一别江天犹似昔。暮霭残阳，调抹伤心色。缘轨车驰何处急，此身原是成驱迫。　　曾几星河如可摘。岁去年来，落魄西风客。唯有当心明月白，伴人长入无垠黑。

蝶恋花·山城夜别

刘品宇（物理学院 2016 级）

催发站前多哽咽。逝水流云，天外眉新缺。如梦相逢如梦别，幽阶暗冷阴晴月。　　此去冥冥人作叶。秋雨西风，零落相思屑。吹彻玉笙寒似雪，高楼望断残阳血。

蝶恋花

刘品宇（物理学院 2016 级）

烟草满川丝满陌。夜夜秦楼，梦里秦箫恻。月下相思云上忆，江城梅落京华客。　　我展红笺天涌墨。泪眼当窗，乱雨还先滴。一碧寒光孤影白，深情无色春雷泣。

蝶恋花·分韵得见字

容与（外国语学院 2020 级）

夜缀寒星三四点。玉露浓霜，暗绿丛中掩。自叹不知千里远，梦还乡景如何见。　　双袖未干拂泪眼。独坐扁舟，无意惊凫雁。一路繁花曾看遍，不及故里潇湘面。

蝶恋花·遇梅

许皓洋（集成电路学院 2021 级）

鹭浸寒塘风浸夜。数点斜灯，一片浮空雪。古色疑从青女借，何须更倚东君叶。　　欲请低枝随冷箧。三顾还休，怎叹相思切。不忍疏香笺侧谢，玉容留与人间月。

青玉案

旦佳（人文学院 2016 级）

新垂又与疏黄感，向南处、摧枝胆。叹落纷飞尤渐苒。一如风淡，一如云艳。却把清尘暂。　　杂愁尚且添忧犯，岂有孤魂久追忏。不过楼台秋水憾。续杯流剑，低眉折焰。问罢人间险。

青玉案

旦佳（人文学院 2016 级）

寒宵摄尽疏花晚，再摧甚、新黄远。未敢攀奢虚月缓。巷声微细，影痕轻转。不见流苏伞。　　千风饮就长堤浅，墨韵楼台窃枯盏。渡梦佳人居北岸。琉璃目色，青丝半挽。一笑罗天满。

青玉案·悠然

旦佳（人文学院 2016 级）

邻人赠我桃花扇。却添作、秋千倦。五柳萧然何所愿？半杯枯寂，一壶悠远。笑与篱笆犬。　　华园叶雨黄灯伞，幸遇新阳目间浅。莫问笛声寻未见。纵无清影，余香将断。佳悦浮生旦。

青玉案·步韵逸轩聊忆喻家诸子

赵润哲（人文学院 2016 级）

我闻银浦仙人住。却应是、繁华处。碧眼聊因春气旅。新蝉声疾，老狸犟缓，旧忆当年雨。　　凤飞如盏歌如侣。抬爱凌波小眉缕。一梦惊鸿吹几许。长安词瘦，江城梅去，分付东君主。

江城梅花引

旦佳（人文学院 2016 级）

淋漓二月雨多时。盼花迟。叹花迟。无奈晚樱，风起尽相辞。连夜飘摇偏不顾，暗香浅，却纷纷，叶覆枝。　　覆枝。覆枝。引成词。寄相思。思便思。怕你作甚，怕只怕、不敢相知。桃李虽羞，尚有绿抽丝。应是杏花吹与我，开满树，纵春寒，可写诗。

江城梅花引·庚子春京汉联吟

赵润哲（人文学院 2016 级）

瘦苔疏壁遣云吹。寄鸦飞。恨鸦飞。抟就秾桃，煎作赤霞灰。酸蕊自怜霜幕紧，窥宵路，倚银屏，香尚迟。　　朝晖。夕晖。总难归。春露微。秋露微。病裹碧眼，不耐冷，谁折新梅。惟压调琴，滴好睡频催。梦外未妨霜共老，眠怢怢，酷相思，发扰眉。

江城梅花引·庚子春京汉联吟

周轶卓（物理学院 2018 级）

远冬料峭起新楼。寄蜉蝣。梦枯舟。两种相思，一处满空愁。失落寒春惊素袖，明镜里，鬓须积、厌鲠喉。　　箜篌。箜篌。不堪休。抚簪头。涕泪流。病阻冷耳，不禁险、又错江鸥。飞语倾城，往事恋沉钩。正是花间拥与我，应适此，可开颜，竞泛舟。

鹧鸪天

李皓阳（机械科学与工程学院 2020 级）

何事少年闲说愁，夫如遥望水东流。汀洲芷若浮鸥鹭，云向江船问晚秋。　　心未遂，志无休，荆江九曲不淹留。寒窗十载成羁旅，岂为秋心作楚囚？

鹧鸪天

李皓阳（机械科学与工程学院 2020 级）

一树秋声一处悲，香消叶落白头催。天宫莫是心安处，尘世无能得复回。　　湖水泣，柳条衰，孤云与送野魂归。灵均不怨潇湘地，也恨今生不可追。

鹧鸪天

李皓阳（机械科学与工程学院 2020 级）

柳絮洋洋卷云低，杜鹃漫漫暮春时。心头明月无人识，背后清风劝我归。　　愁青草，困幽扉，梦中故旧叙新杯。此身江海孤舟独，化蝶何须与共飞。

鹧鸪天

赵润哲（人文学院 2016 级）

新碧芳茵含早霜，彤痕半树扫云光。青娥未几成软玉，便嫁琼柯饰锦裳。　　荆楚远，望秦堂。温存初探小轩窗。辛夷两地馨难尽，折作清幽一味乡。

鹧鸪天·暮春

赵润哲（人文学院 2016 级）

惆怅匆匆一梦春。凭栏絮柳作云氲。丛间浓碧参差是，堪得残红落拓闻。　　书漫卷，笔蒙尘。缘应才气谢知人。噫吁惟我茕茕立，便折风流是此身。

鹧鸪天

赵润哲（人文学院 2016 级）

怜我衾披折柳眠。灵犀遥梦渡潼关。一壶香沁骊山雨，半两风盈灞水园。　　檐煎碧，阁流丹。梦乡犹怯近长安。未妨年月斫人骨，归去冰心仍少年。

鹧鸪天·莲

赵润哲（人文学院 2016 级）

谁挽云霞簪小汀？徐徐翻碧皱漪清。凫鸭饮露等闲度，流雀寻芳须瞬惊。　　香脉脉，水盈盈。檀郎何日报东风？遍吟九孔莲心事，赋到柔肠语便轻。

鹧鸪天

赵润哲(人文学院 2016 级)

道是初秋江水平。参差何处旧心情。未题木樨惟题叶,难饮壶觞堪饮冰。 风款款,水泠泠。呢喃大抵是卿卿。恍如去岁今宵梦,拈得云痕一片青。

鹧鸪天

赵润哲(人文学院 2016 级)

半剪银樨寒梦侵。凉樽淡酒佐诗吟。眉间烟雨缘谁墨,鬓上云霞入我衿。 香沁枕,雨沾衾。等闲深浅寄光阴。秋君已恨春华远,熬尽霜花补旧心。

鹧鸪天

赵润哲（人文学院 2016 级）

褪得东君又四时。木樨簌簌卷银丝。山间冷碧妆新句，陇上残红裁短诗。　　香澹澹，影迟迟。逡巡半袖美人枝。遥怜相思累花信，便梦清宵寄彩词。

鹧鸪天

赵润哲（人文学院 2016 级）

霜气逡巡落早尘。冬枝簌簌是温存。聊因荆楚添香女，报得潇湘画黛人。　　云未卷，月无痕。南风吹梦至春深。红笺小字呢喃处，便赋卿卿寄此身。

鹧鸪天

赵润哲（人文学院 2016 级）

摇曳清寒冬气盈。江城簌簌落白英。缠绵细雪盈红袖，落拓浓霜浣碧楹。　　毡气暖，梦痕轻。狸奴花懒是阿卿。小梅昨日新含蕊，寄作潇湘一夜星。

鹧鸪天

赵润哲（人文学院 2016 级）

十二楼前寥落时。霜风一衽捋秋池。安寻东苑眉间叶，抱付南风袖底枝。　　风且住，梦初迟。平生最恨寄春诗。只缘风月君前好，赋尽柔肠第几词？

鹧鸪天

刘品宇（物理学院 2016 级）

暮压残云四极低，血啼鹧鸪正当时。身沉碧海谁能识，目断苍天未有归。　　生径草，掩窗扉，沏来往事入温杯。几回挽得人间火，化作心头夜雪飞。

鹧鸪天·雪夜月食

刘品宇（物理学院 2016 级）

大野无声骏马骎，飞蹄溅雪碎金金。玄湖缀点浮寒火，冥宇撕开滴血心。　　波渺渺，夜森森，美人知是被谁擒？踌躇旦暮成奇恨，一处江天两处吟。

鹧鸪天

李豪（船泊与海洋工程学院 2019 级）

文脉绵延千百年，一声一字润心田。江河渐远犹含笑，雏凤初生破曙天。　　邀月舞，枕诗眠，浅斟低唱味清欢。霜毫醉墨红笺梦，自笑凡人处处寒。

鹧鸪天

许皓洋（集成电路学院 2021 级）

霜渐残桐簌簌飞。相思只付梦幽微。偕行却羡清秋雁，寂寞常怀宋玉悲。　　灯影近，漏声催。重楼何事敛蛾眉？月明千里寒虽彻，争似西风不可追。

一剪梅

唐国量（生命科学与技术学院2022级直博生）

昨日晴空不可留。影转窗花，暮起云楼。余霞散绮月华飘，一点轻浮，几点轻柔。　　惝恍长街印旧游。明灭霓涛，星络车流。孤城回首夜阑珊，是处凝眸，别处凝愁。

一剪梅·七夕

唐国量（生命科学与技术学院2022级直博生）

一树棕屏半隐楼。织碧摇幽，风语倾柔。吊兰犹自系轩窗，夕日难囚，晴雀常留。　　小院秋千空载愁。花幕帘勾，蝶影光流。落棉无意遇苔茵，青发连丘，白首何求。

浣溪沙

刘品宇（物理学院 2016 级）

别后清寒深闭门。关山有梦绕离魂。相思入夜满江村。　　我是天涯飘荡雪，落于君指泪为身。如何逝处握残温。

浣溪沙·江城寒潮琴院夜归

刘品宇（物理学院 2016 级）

卷入寒潮失若星。西风长向客中生。春温有信是曾经。　　一夕相思成绮梦，满城寂寞上华灯。余情辗转夜无声。

浣溪沙二首

刘品宇（物理学院 2016 级）

其一

长恨人间别不休。月摇残碧冷沙洲。相思旦暮满西楼。　　信泛温柔遗故梦，叶浮寂寞起新愁。一年倦客怕清秋。

其二

一卷残云压小楼。鸾箫半曲又还休。寒蛩倚壁抱清愁。　　影映幽阶如故梦，月浮天镜是明眸。相思入夜冷于秋。

浣溪沙·晨起见窗外玉兰花开

刘品宇（物理学院 2016 级）

月冷清津碧镜空。波心几度照惊鸿。玉楼箫咽渺茫中。　残枕香因君入梦，落尘雪似我随风。从来心事未消融。

浣溪沙·代赠

刘品宇（物理学院 2016 级）

长恨寒屏一隔开。孤灯对影恍而来。江城梅落起余哀。　知意南风吹别梦，凝情素月傍妆台。飞花似我入君怀。

浣溪沙

赵润哲（人文学院 2016 级）

灞柳未青烟未氲。点斜微雨似轻嗔。眉横山碧眼拂云。　　长恨东君偏负我，小桃绣色却难寻。何人聊寄一枝春？

浣溪沙

赵润哲（人文学院 2016 级）

恍认江城小雀声。融融风暖皱漪清。何时绣扇觅流萤？　　四面飞花轻入梦，谁赊一片玉壶冰。余香大抵是曾经。

临江仙

刘品宇（物理学院 2016 级）

其一

点点梧桐青叶雨，梧桐语起林霏。次鳞苏式小楼低。玻璃墙似镜，异界照新维。　　转角九思书苑到，层层错落天知。轻轻踱上木旋梯。温柔光影里，沉醉渺无涯。

其二

扑面暗香吹满袖，翼然亭立群荷。暂停凝望思如何。镜心横玉笛，翠底动清波。　　岁岁风华沉醉晚，江城长忆笙歌。云生碧液影婆娑。化成明月舸，一夜到星河。

临江仙·饮酒

赵润哲（人文学院 2016 级）

恍临昨夜长安处，紫钗频顾幽庭。边风朔月不忍听。灼肠苦酒，醉笑我仃零。　　无关风月卿卿意，最是不屑相思。古今多少断肠辞。秦娥淮女，何似黛眉痴？

临江仙

赵润哲（人文学院 2016 级）

向晚接天霜草碧，老松郁郁寒凉。重楼凤阙抱残阳。尘埃野马，天暮影峦长。　　饮尽北风三万里，风流懒倚笛羌。诗书下酒入豪肠。秋灯作梦，乘月下潇湘。

临江仙

赵润哲（人文学院 2016 级）

韵苑楼高难倚,一隅丝缕苹苹。错看枝碧钓天星。漏些光点点,散作几重英。　　花影葳蕤成簇,谁人语笑盈盈。安得好景赋思情?只怜惊羽鹊,空唤是卿卿。

临江仙

赵润哲（人文学院 2016 级）

不认阶前新苑处,清辉映我伶俜。寒蝉嘶老绿梧声。桐街惆怅碧,榴火寂寥明。　　恍惚琅嬛如梦至,小楼青瓦丹楹。秋风咽尽影茕茕。且烹世味冷,佐我旧心冰。

临江仙·忆小友

李斌（人文学院 2021 级）

玄序昏晓玲珑盼，书堂灯火灿然。乱琼碎玉坠枝低。抱携莺语伴，笑对彩云夸。　　一自春来音信断，谁知佳梦独欢。夜阑轻叹覆衾唏。旧乡何处盼，黯嗅玉兰花。

清平乐·梅

刘品宇（物理学院 2016 级）

经年之约，约在江南陌。早与竹边开翠萼，倚却严冬萧索。　　可怜望断无踪，随冰消老颜容。我已枝头飘落，如何握住春风。

清平乐

刘品宇（物理学院 2016 级）

行人紧裹，脚步匆匆过。明灭高楼如梦破，跌落尘间星火。　　归来夜寂寒侵，晕灯拉影幽深。今日欢哀谁诉，时钟不住呻吟。

清平乐

刘品宇（物理学院 2016 级）

疏星若坠，光谷灯如沸。寒夜无声风乍起，愁倚西楼十二。　　今年花似前年，今年镜已辞颜，今夕何堪病酒？明朝一梦如烟。

清平乐·忆友

赵润哲（人文学院 2016 级）

红笺一叶。遥寄西窗月。十二楼头冬一阙。白鹭青塘无雪。　　小别漫漫南邕。恍疑阆苑曾逢。清雪一斛未觅，新绿珍重春风。

清平乐

容与（外国语学院 2020 级）

微睁慵眼，窗外初阳现。杨柳送风轻扰面，梦醒几分不愿。　　云散乍起莺歌，催人笔墨浅磨。犹恋纱橱玉枕，光阴岂敢蹉跎。

清平乐·山野凉夏

雷昀晰（电气与电子工程学院 2022 级）

乱云懒卧。暑气风吹破。碧发杞簪闲蜂坐。陌上舞姬千个。　　远岫黛影帘帘。画外蝉雀喃喃。楣槛卒而雨戏，狸奴梦醒逃觇。

踏莎行·夏雨诗社丁酉荷花社课

刘品宇（物理学院 2016 级）

一一裙亭，田田容捧，时时翠叶晶晶涌。不知咽泪为何人，藕心滴作千千孔。　　苦薏谁知，西风空弄，如今无悔无从众。藕心纵是孔千千，痴痴织有丝丝梦。

长相思

容与（外国语学院 2020 级）

月色堆，雪色堆。聊是心闲最展眉，茶凉断绪归。　　鸟南飞，梦南飞。怎惧冬风随夜吹，路遥填我悲。

长相思

梁天瑞（物理学院 2022 级硕士）

江月寒，秋日寒。一叶轻舟度梦还，迢迢过万山。　　春一番，秋一番。人面桃花相见难，还隔北与南。

长相思

唐国量（生命科学与技术学院 2022 级直博生）

裁缃枝，恨缃枝。拟趁梅香忙赋诗，诗成人去时。　理晴丝，任晴丝。绪网牵心怎舍辞，夜阑怕梦迟。

生查子·联吟分韵得望字

洛书①

晨起画红妆，对镜幽凝望。思君不见君，去岁辽西向。　还记初遇时，心意双流烫。而乃空闺寒，惟余影相傍。

---

① 系笔名，瑜珈诗社推荐，专业与年级不详。

霜天晓角·联吟分韵得望字

洛书[①]

月没天霜，人间着素妆。试看寒风拂过，人与雪，两匆忙。　　衣凉，心正昂，对景长伫望。一自岭南来后，思此日，愿初偿。

西江月

听风忆雪[②]

千载灵均问断，九天万氏魂萦。姮娥羞掩半轮冰，起舞琼楼光景。　　俯仰神舟在泛，往来橼笔须惊。悟空重作天宫行，看取羲和问鼎。

---

① 系笔名，瑜珈诗社推荐，专业与年级不详。
② 系笔名，瑜珈诗社推荐，专业与年级不详。

阮郎归

赵润哲（人文学院 2016 级）

风吹孤客到柴门，悠悠闲处云。倩谁难认陇头春。小梅昨夜新。　　霜且住，月无痕，东君佐酒温。任他摇曳少时尘，风流是此身。

阮郎归

赵润哲（人文学院 2016 级）

羌声难尽带银钩。梅枝疏影幽。未妨惆怅暗香浮。月明小径悠。　　帘外卷，露梢头。江城错认秋。贪看飞霜碾成愁。欲言却已休。

阮郎归

许皓洋（集成电路学院 2021 级）

秋云难系楚台空，夜阑愁易终。残灯不照旧芳容，凝妆遮泪红。　　追恨雨，忆惊鸿，几回清梦同。而今消受尽西风，玉人深院中。

水调歌头

许皓洋（集成电路学院 2021 级）

乘我九霄鹤，振翅上云天。广寒相访岑寂，玉阙露溅溅。羽袖飘摇似梦，清影随风万种，琴曲舞婵娟。心未尽弦意，月兔已酣眠。　　觅幽境，寻桂子，遇诗仙。才沽桂酒，独酌花树满香肩。拜问何裁佳境，唤我无言共饮，先尽酒十千。惟欲抱明月，醉眼笑人间。

唐多令

赵润哲（人文学院 2016 级）

云浅似脂胭。夜深如鬓鬟。月如眉，遥指星川。暗许青娥知我意，衔旧梦，作新眠。　　调笑稚儿言。声声豆蔻间。恁寄谁，半纸青鸾？还却尘心冰一片，终不是，未经年。

唐多令

旦佳（人文学院 2016 级）

浅酒觅飞花。流津渡古华。最迷人，小岸平沙。过眼江山差几色，三寸雪，两分霞。　　行驿午间茶。丛云点墨鸦。念娇娇，应在谁家。此去经年归路远，终难再，共天涯。

一斛珠

赵润哲（人文学院 2016 级）

良辰难负,竹筜浓透垂杨绿。只怜小苑辛夷暮,蘸取泠香,寄作春烟雨。　　漫嚼青缃逢妙句,黄昏不觉连夜雾。依稀皎月穿朱户,若问相思,却道清辉去。

武陵春

赵润哲（人文学院 2016 级）

大抵莺时应鹤语,凫雁点湖踪。十二楼头青半丛,新碧小竹筜。　　常怜心事寄我眼,难拟托归鸿。便许辛夷觅惠风,香碾恨几重。

行香子

赵润哲（人文学院 2016 级）

雾透帘楹。云染雕瓴。满庭芳、酒淡茶清。莲心红断，桂子香盈。忆渡头鸥，楼头雪，陇头青。　　一灯落月，半剪疏星。酷相思、大抵箫笙。良辰何寄，绣景堪呈。恨蝉声薄，钟声老，客声轻。

少年游·送友之北大

唐国量（生命科学与技术学院 2022 级直博生）

丹青如洒，檀烟织瓦，红袖慢分茶。雀动花铃，弹云垂静，竹影上窗纱。　　停杯问：此行何去？书剑入京华。请风朝阳，看君桃浪，乘梦到天涯。

定风波·清愁

晓端（光学与电子信息学院2019级）

夜气阑珊湿小楼，杨花落处月如钩。烛影摇红霜满面，抬眼，河山万里尽神州。　　三尺青锋应在念，拔剑，是非善恶入双眸。却念明朝行路远，帘卷，清风拂起少年愁。

定风波

许皓洋（集成电路学院2021级）

子夜秋声透月窗，临屏把酒立银釭。千里与君图快意，此际，新诗半染桂花香。　　几度西风吟浅醉，遥对，短歌尽诉寸愁肠。休道此身长寂寞，不若，一樽山海共清光。

喝火令

刘品宇（物理学院 2016 级）

鬓暮偷侵白，纨寒暗积尘。逝云凝作画中人。却问拉钩前事，却道不成真。　　影独频贪梦，楼空月锁门。向来临夏便临分。我与秋凋，我与雪缤纷。我与燕儿重到，不是去年春。

喝火令·喻岱桥

唐国量（生命科学与技术学院 2022 级直博生）

白露偎荷伞，缃枝绣柳屏。倦闲鸥鹭点寒汀。醉晚不知春醒，描径野苔青。　　画槛应如故，当时素手凝。落红吹乱雨溟溟。欲待风停，欲待镜湖晴，欲待月桥人静，照面又偏行。

南乡子·迟怀

张菁洋（能源与动力工程学院2020级）

空巷月随凉，相别从来断梦肠。杯覆仰头星点醉，无妨。年少须知任尔狂。　　遥路自茫茫，望尽人间遍问乡。总道下年花更好，浮觞。怎识今朝酒最香。

南乡子·别思

刘瑜（人文学院2021级）

漫漫夜深稠，叮咛未绝婆娑泪。蜷身难舒疲筋骨，呜呜。何时晨光尽夜铺。　　茫茫路曲长，千里为求万卷书。弱柳难抚此情愁，咻咻。惟愿扶摇亦善终。

破阵子

姚蕴洋（数学与统计学院 2018 级）

劳丙琅琊伏首，三逾终遂归离。北魏石穿今不毁，赞普长安下聘迟，须臾庚子时。　　荆楚满城义士，八方相助医期。拍遍朱栏生壮意，奋笔银笺血泪词，南倾红叶枝。

望海潮

杨州忆[①]

江城新府，华园旧地，秋黄正是纷飞。林道始空，湖荷欲怠，凤台雀影将微。醉晚渐添衣。玉栏鳞光浅，白露催低。每此流连，往来故事写当归。　　去年初雨寒时。翠楼轻洗梦，总有相思。未曾与同，才情付友，难书一阕簪词。间或小凝眉。醒在天灰处，袂舞西吹。多少风花雪月，独自怎推杯。

---

① 系笔名，瑜珈诗社推荐，专业与年级不详。

眼儿媚

唐国量（生命科学与技术学院2022级直博生）

斑杪萧萧等寒鸦，归径满桐华。格窗成画，谁填雁字，埋意秋霞。　　柳枝未解西风话，依旧浣青纱。痴心只是，才封罗帕，又染襟花。

八声甘州

刘品宇（物理学院2016级）

又蝉鸣盛夏子规啼，江城起离悲。念喻家山下，梧桐叶底，犹印身姿。此刻也成无语，唯尽手中杯。无论何如者，总谢相知。　　不是伤心毕业，是从今以后，曾几何时。怕天涯孤客，往事不堪追。看林间、多生歧路，问将来、你我可同归。回望处，正千荷碧，再见还期。

瑞龙吟

旦佳（人文学院 2016 级）

轻欺寞。迟晓昨夜长歌，旧花新落。添衣又是无言，孤身把酒，相思唯烎。　　晚风恶。疏雨亦收怜样，恰敲西阁。闲知对面谁窗，黄灯白壁，空台寂索。　　难有春兰相约，念君千里，杂声稀雀。一度任留归来，离却相错。闲想东九，飞絮梧桐掠。徒生忆，花楼青鸟，经年忘却。欲问池荷脚，尽随他处，浮萍尚薄。莫怕红薇缚，虽露早，回头依然侵魄，照丘似火，玉人初握。

瑞龙吟

旦佳（人文学院 2016 级）

沐辰鸟。痴守远月低沉，露光新晓。徘徊不见前宵，红亭倩影，眉明素巧。　　市歌早。寻遇旧时街巷，讯音多少。徒然物是人非，陌生风景，疏花乱草。　　飞宇楼台空苑，德邻故事，几经叨扰。想是五湖情深，颜缺舒窈。流离至此，谁得无辜小。偏收笔、闺词难寄，相思飘渺。落叶秋千扫。未名慢处，鲈鱼待讨。付与青烟钓。辞画去、行听钟声旁道。四方彩目，孤帘看老。

玉蝴蝶

唐国量(生命科学与技术学院 2022 级直博生)

淡墨晕青苔径,绵存宿雨,洗尽芳菲。绿暗林亭,幽槛乱絮沉堆。露桥窄、双鸳曾至,花信短、莺燕交飞。嗅青梅,素荑难寄,绀鬓空垂。　　蛮蛮,危墙下会,宓妃留枕,木石成碑。旧梦牵萦,玉簪中折碎琼杯。缟衣薄、暮寒倚翠,泪竹斑、牵月而归。影徘徊,晚风无寐,低诉蔷薇。

沁园春

李豪(船舶与海洋工程学院 2019 级)

风雪孤车,寂寞情痴,怅望木雕。恨天仙罗刹,沉迷魅惑;游风飞剑,错付妖娆。缄默而观,千言相劝,肝胆柔肠著酒浇。流光闪,约定长亭下,前路迢迢。　　平沙漠漠逍遥,笑万马堂中断刃刀。喜杜康千石,清明武道;锋芒四尺,勘破囚牢。垢去明存,招招救命,血债终须仁爱消。恩仇泯,几许江湖事,欹枕蓬蒿。

金缕曲·瑜山国学社十三周年送老

刘品宇（物理学院 2016 级）

又送瑜山老。十三年、长河跋涉，雪霜多少。昔日寂寥三二子，育社殷勤襁褓。看现在、朝晖正耀。满座豪英千杯饮，向长空久作孤林啸。于四海，寄狂傲。　　师兄师姐离行好。谢诸君、不辞辛苦，引吾归道。且忆当初无知我，立命生民未晓。敬一盏、金樽尽了。此去相逢成何日，问圆蟾只觉清寒小。唯福慧，为君祷。

暗香·江城大雪

刘品宇（物理学院 2016 级）

满城衣白，问何人昨夕，相思如织。曲径铺新，掩却花开旧时迹。念倚寒窗正苦，凝望处、西洲梅忆。算月夜，环珮空归，幽恨杳无息。　　残碧，弄玉笛，幻霁月彩云，变迁今昔。着裳暗湿，飞屑漫天共沉寂。惟愿南风解意，吹故梦、梦中寻觅。怕梦里、离别久，也应不识。

满庭芳·有友曾寄梅花书签今用之于白石词

刘品宇（物理学院 2016 级）

叠玉凝香，凭寒倚竹，江南遥寄春枝。恍然摇动，翠羽梦中啼。犹记潇湘水暖，共南国、靥粉眉低。飞花里，红衣怅望，一影起相思。　　江城，飘落处，天山路北，篱角孤凄。算阅尽人间，唯伴姜夔。纵是长安雪满，玉龙曲、此意谁知。今回首，随风片片，落入冷清词。

满庭芳·不弃经年

胡勇（武汉光电国家研究中心 2022 级硕士）

不弃经年，良机邂逅，今得故事悠悠。悦极难信，缘分几生修？懵懂已归年少，随它去，初意长留。只期是，与卿偕老，白首共轻讴。　　痴心然蠢笨，夜常幽梦，思念不休。偶览星，佳人应同清眸。不晓心心相印，误等久，小脸红羞。知多罪，幸之乐甚，既往不咎。

齐天乐·丁酉中秋夏雨诗社访春英诗社步张攀韵

刘品宇（物理学院 2016 级）

桂花新载南楼酒，轻舟泛乘兰棹。错影疏枝，香茶沁墨，金谷芳英重到。江天皓皎，眺樱顶高台，忆曾歌笑。侠气豪情，去来年岁未随杳。　　东湖长望珞喻，楚天堪十里，烟重波渺。叠翠青山，堆晶碧水，浣得相思古调。秋风暗扫，待月泻清辉，旧阶今照。照见归云，去人留思绕。

烛影摇红

许皓洋（集成电路学院 2021 级）

小扇流萤，倦妆轻拭沉吟久。月明恰映玉阶中，还照低垂袖。月色依如淡酒，更千杯、教人念旧。那时双燕，长伴光阴，郎衣亲绣。　　烛影摇红，夜阑欹枕薄凉透。泪湿幽梦怎思量，寂寞声声漏。迢递重山知否，渐秋风、征鸿去后。露珠初冷，木叶初黄，相思初瘦。

凤凰台上忆吹箫·吊屈原

郭子超（同济医学院 2021 级）

香艾纷奢，纫丝情糯，叶娇柔月为笺。袜履沾泽雨，缓蹑晶帘。縠卷风荷入宴，应料有、玉质金渊。曾扪问，灵修浩荡，楚梦翩跹。　　幽欢，倦霞镜浅，遮泪眼清圆，素手纤纤。酽九歌寥远，销匿舟边。独舞廊腰回缦，金槛里、莺语如烟。休重顾，佳期易绵，可是人间？

水龙吟

唐国量（生命科学与技术学院2022级直博生）

筱墙半抹黄昏，帘栊新蘸梧桐雨。风销炮泪，露溥阶草，霞栖庭树。晚照回廊，琵琶声里，促年弦柱。借瑶枝作笔，蛮音成韵，为谁写、无题句。　　寻觅桂华渐冷，忆江南、瘗花深处。碎萍鱼戏，残荷蛙曲，坠红莺语。秋色霏微，溪衾梳掠，青丝曾妒。趁星河入酒，松针别袖，共姮娥舞。

瑞鹤仙

唐国量(生命科学与技术学院 2022 级直博生)

夜阑墙月驳。玉簟怯凉秋，晚飙惊幕。疏钟到朱阁。续华胥断阕，恁时情觉。彩笺素约。却骎骎、年华暗掠。数流萤、点画窗栊，苒苒万灯迷烁。　　似昨。葡萄红透，秀靥凝妆，荠花南陌。秦筝雁乐。歌尘更为谁作？过短亭、执辔平芜迹远，人伴云山漠漠。看吴钩、冷落寒星，旧铭焯焯。

摸鱼儿·黄山

唐国量（生命科学与技术学院 2022 级直博生）

俯天都、掣鲸云海，东君吹绽莲宇。巉岩千仞丹青洒，挥抹碧痕无数。描缀处，跃然似、一川松伞迎风举。虬枝欲舞。惯鹤唳鸣廊，猿声回壁，乘醉谛仙语。　　惊人句，不见蓬舟泛去，诗成滴砚花雨。古来多少名山画，藏尽玉屏绸布。鞍且驻，放白鹿、悬梯百步从容度。霓衣化羽。便系取长缨，鸾车凤辇，归向太微府。

下卷

新诗

一首春天的诗

海云（新闻与信息传播学院 2017 级）

想为你写一首春天的诗

是清甜口味的

是哈密瓜味的

是冒着气泡儿的

冰棒果汁儿

是刚出炉的

热乎乎的茶叶烧饼

是草丛上的蚂蚱蹦蹦跳跳

是叶子上的阵阵清香

是一小步一小步哼的快活童谣

从清晨到傍晚

从巷子里到小溪旁

是慢慢悠悠可以很安逸

是急急巴巴可以很匆忙

日出

淤游

灰白之间闪烁出羞涩的黄

大野无声

远山渐次勾勒熟悉的辉光

欢快的葬礼转向新的篇章

音乐停当

消磨的灵魂

也曾感慨余者的彷徨

未问行吟十七夜

不知浊酒与东方

油条给了迟钝的旅客

祭台续着明灭的香

黑白寂静

蓝天与乌云莫测于干涸的眼睛

朝霞与灰烬苟且在枯萎的孤坟

晚照

淤游

大河如雨，或者大雨如河

天幕无怪乎悲泣之胸怀

没见过烽火戏诸侯

神明显迹错愕的第一眼

刹那用于形容枯萎的歌谣

时间总是阴霾在蜃楼远山

人类以正义掌控命运

灵魂以慈悲挽救冰冷

过客喜欢撑船的芦苇

乌鸦嘲笑炊烟与鸡鸣

生者不论往日今朝

愚者常思雨后天晴

若有黑色的记忆

应是空阔楼台缺了屋檐

不羁的美刻画在亡去的彩霞

萧条的梦踌躇在琐碎的黎明

午后

淤游

很少有人不喜谈吐时光的话题

镇河铁犀竟然躺在画里

比微风中的长发高些

比东湖的粼波暗些

睁着眼睛看不见它的手掌

屏住呼吸猜不透它的迷茫

绿色更远处还是绿色

落叶不需要犹豫不决

我能想见有座无人踏足的高山

崖边晃着不屈的苍松与云岚

绚烂的霞光还得等许久

你在那里,俯视河流的蜿蜒

依然有人会唱那句当你老了

脚下却只有彼岸花萎靡地挣扎

多少年前第一株红色的绽放

而今看来一点没变

也许变了，在你眨眼之间

或者它只是突然选择回到从前

可以有黑色的头发

可以有粉色的思念

独在不冷不热的季节

窗外响起了回忆的呢喃

故事与灵魂尽皆透明

走在陌生与熟悉中间

也未可知

静观(物理学院 2016 级)

也未可知

在一片蓝色中

寻找那些危险的意象

暗红色的,晚熟的草莓果

倒挂在树上

抗拒那些声音

藏在你身体各处,躁动如

肉体之沉没

浮现,那些看不清的鬼魂

身后

雪花落下

声音

靠了过来

旧地

静观(物理学院 2016 级)

旧地重游

我急于找寻新的真相

旧人告诉我

后来已经有了改变

这座城市

由点与线构成

抚摸着她脸上的棱角

话语里有粉色

洛丽塔的幻梦

和一切,非如此不可的

随着消失的点,和断掉的线

破灭了

无题

静观（物理学院 2016 级）

黑暗中点燃一支烟

空间开始流动

四面八方

篝火旁的眼睛

流出火光

玩弄那些标记

隐秘的游戏

不断地给出暗号

而你

何时开始怀疑我此时的躯壳

没有说出的话

黑夜的眼睛

李亦（电气与电子工程学院 2017 级）

黑夜的眼睛

是天上的街市

吞没在寂寞的湖

星光的霓虹

点缀了大海

漂泊着过去

和未来

流浪的凡尔林

请听我说

黑夜也会流眼泪

滴落在

日复一日的梦里

本

空（管理学院 2019 级）

镜中，颠倒的光

投射出大片土壤

在字的逃难后

虚实之树开始结词

从手掌提取台风

放入迷宫，是拐角处的偶然

还是蝴蝶扇动翅膀时的隐秘？

锁住的方向诞生

起点即终点

无知的箭头仍在雾中

嚎啕大哭

迷迭香

刘念瑜（人文学院 2022 级）

一丛迷迭香，
亭亭伫立路边。

我看见，
它从地中海来，
一路大漠驼铃，
流到沙颍河旁。

我看见，
子桓的庭院，
管弦为它奏响，
诗人闻香赋颂。

我看见，

濒湖山人埋首，

《本草》称颂其名，

九州遍传其芳。

我看见，

那丛迷迭香草，

回风摇动，

芬气幽香。

祈江城

陈曙初（人工智能与自动化学院 2018 级硕士）

当我站在祖国中央

看到的是

两江汇夏口

九省通衢会

在世界，她叫"东方芝加哥"

六百里的视野

一百年的斗争

黄鹤楼上郁郁寡欢

古琴台前恋恋不舍

我不由得深受震撼

这是座无惧无畏的城市

这是座万物生长的城市

她驱散了绝望的浓雾

人们倾倒于这千磨万击还坚劲

以及她骨髓里的文化自信

在我心，她叫"第二故乡"

她是我的英雄

蜜蜂与禅

罗海源(同济医学院 2018 级)

我渴望以你的视角观看

身体发出喜悦的轰鸣

花海 & 春天生灵的触手 & 香客往来的道场

地图变得丰富而危险

那个清晨我越过山石打水

你俯身为我祝福

我多渴望以你的方式顿悟

让我的腹中也有一样的甜

莎士比亚

罗海源（同济医学院 2018 级）

退订的包厢堆在一起
同排练的对白应和嗡鸣
如果不能写出受欢迎的作品
这戏院将成为华丽的坟
而随着暮年的来临
他剧中弄臣的脸色越发苍白
过时的幽默难以理解
他自己也感到陌生

人们不再对他说：
"愿你所生的全是男子"
年轻人不认识威尔，那个
讲下流笑话的诗人
他家最好的床已空了许久
如一只泊向虚无的舟
而一串陌生号码打给他
他接听只听见铃声——

这无关紧要的恶作剧

他打定主意把它写下来

放在海格力斯的地球上

在历史的暗室中

他训练角色向虚无对白

于是在亨利三世失踪后

仍有人为他的健康干杯

尽管饮下的不是酒，是水

这令人诧异的荒谬

脱去了喜剧的衣服和悲剧的裤子

轮到观众在台下裸奔

他知道自己救活了一门垂死的艺术

并将它改造成另一种类

而他的戏份也将告终，精心化装成加缪

等不到1960，就在那满载爱的

次好的床头丧生

我看见走得更远的孤歌

——那些默默无闻的战"疫"英雄

旦佳（人文学院 2016 级）

李子树开花的春天

闻过寒冷的樱花了吗

良久的等待属于白色

挡不住便不知真假

燃一捧蜿蜒的乡炊

刻意多吹几口气

低下头就有了回答

我看见走得更远的孤歌

不像玉兰花那般总是在雨后

回忆都似乎少了些

芳香的逗留

其实真切的灵魂没有规律

说着没有营养的谎言

画出推门而去的手

这个世界有很多藏头的英勇

守护着漫无目的的天明

时间无所谓长短

耸一耸肩便继续前行

给我一把止血钳多好

迎着张牙舞爪的汹涌

灵魂还追的上红色的草丛

走到倒下的孤歌

这是寻找正义的旅程

悄无声息又高不可攀

把持着最后的光明

写给你

龙媛媛(同济医学院 2018 级)

下雨了

我就丢掉雨伞

在大街上奔跑

我从不担心迷路

也永远不会返程

因为我安心

归宿是你的臂弯

我知道

风是我的

树是我的

天空是我的

大地是我的

世界是我的

你是我的

雨停了
但愿与你不期而遇
只愿与你殊途同归
你若不辞而别
我也一去不返

白天

龙媛媛(同济医学院 2018 级)

我祈祷黄昏
夜里
我祈祷黎明

清晨不能给我力量
只有黄昏的一刻使我狂喜
我害怕黑夜
也渴望黎明

来吧,别怕
跪在我的信使面前
闭上双眼
你瞧
一切安静美好

继续为我祷告吧
做我忠诚的信徒
我将赐予你永远的黄昏

亲爱的贝洛纳斯

龙媛媛（同济医学院 2018 级）

六月的夜上来了

亲爱的贝洛纳斯

你又轻轻拿起烟斗

坐在院子里看天空

咳嗽是你黑夜里的狂欢

是这小院的静默

瞧

你又开始想我了

你这邋遢随性的男人

亲爱的贝洛纳斯

你看你如今什么样了

瘦小得嶙峋

皱纹里满是灰尘

睡意蒙眬，沉默不语

连点酒都没有

我知道

你看不见我

是不会对酒提起兴趣来的

亲爱的贝洛纳斯

你老了

贝洛纳斯,我很幸福

我就在天空里

看你

看我们的呼伦贝尔

看我们的撒哈拉

喔,说起我们六月的普罗旺斯

薰衣草已意识模糊

我只真切地记得你

听到了吗

亲爱的贝洛纳斯

我很幸福

如果你认真听

也一定也听到了我思念你的声音

六月里那颗永不掉落的星

是我们相遇的信物

风鸟

龙媛媛(同济医学院 2018 级)

别与我四目相对

你从不带给我什么

你炙热的眼睛里

容不下我比生命要长的悲伤

你太绚丽

我不关心

你乘风而来

马上要随风而去

请稍留片刻

让我为你装一些行囊

这是我唯一热情为你做的事情

请务必带到我的想念与祝福

借你通往天堂的翅膀

向他们道:

早安

午安

晚安!

列车

龙媛媛（同济医学院 2018 级）

二十几岁的姑娘

笨拙地推销她的茶叶

A13 座的旅客

厌恶她晦涩的表达

同样晦涩地拒绝任何买卖

那双渴望生活的眼睛

暗淡得闪闪发光

欲望绝望

这辆开往长沙的列车

装满艰辛

教你如何

摒弃优雅

野蛮地行走在轨道上

周五

龙媛媛（同济医学院 2018 级）

萤火虫提着黎明的大刀

闯进周四夜晚的梦

直击我的心脏

和时间一样准时的早餐

召唤着我的复活

周五的八点向后延十小时

比起周四

多了一场厮杀

只要夜色来临

我的亲爱的

请允许我花上六个小时

迎合天才亚历山大·萧纳

为你跳一曲"蔚蓝色的艺术魅力"

等到你醉意朦胧

夜晚才真正属于我们

将神话与诗放在床头的桌上

偶像放在枕头边上

无处可去的波希米亚人

就让他在我的怀里度过这个夜晚吧

今夜

属于周五的夜

既不关心人类

也不想你

只愿意摊开窗户

和着大自然的摇篮曲

睡个好觉

无 题

龙媛媛（同济医学院 2018 级）

我坐在窗前听流浪歌手

玻璃挡住了我的去路

只能望着楼下呆滞的绿化带

和对面路上来去无意的车辆

这里没有男人，女人，或孩子

只有太阳褪去云彩的身体

向大地呼唤着爱情

他们得年年重复那些无聊的付出与接受

才能度过日子

太阳时常暴躁

不过它还是乐意付出

大概因为大地生得妩媚动人

再和煦的风

也不能使那些天生冷漠的树跳起舞来

再温柔的雨

也不能使那些天生妩媚的花朵流下眼泪

他们都只爱太阳

太阳给他们生命

地板躺在太阳滚烫的热情里

以为这就是爱情

其实它早已厌倦

只剩身不由己和一点留恋

它也会暴躁

如果这就是爱情

我情愿丢掉我的烟斗

回到我的坟墓里去

那里装满了凉快和自由

拟

李俊逸（机械科学与工程学院 2016 级）

光投下的绳索，

无法摆脱，

钉紧在松木板上，

看着时间一点点皲裂。

天空旋转的太阳，

却不敢试探，

初冬寂静的河水。

走过了桥，

另一岸却不是春天。

在山林里发芽，

躲避着自己的影子。

湖边漫步

李俊逸（机械科学与工程学院 2016 级）

夜的孩子舞于水

唤之以月 假象包罗

你的倒影装裱湖面

寂静如蜡染 又有揉出褶皱

他们不能抵达 我

止步于岸

银翼翕合如吻 情人请

但别用感慨的 陈词滥调

压垮一副美的构架

悲伤如何重复

正如我从梦中醒来

给渐远的纹路镀上锌

我用左眼守望月亮

右眼督促四季

唯独不能盼着你

我知道你 不是你

我知道 你还是你

它就在那里

同歌且行

李俊逸（机械科学与工程学院 2016 级）

你的指尖，

惊起一排憩息的鸽子。

在缪斯的头顶，盘旋成

圣殿里的白色桂冠。

光束间的影子，正在欢快跳跃。

五根线编织一场戏剧，

十个角色演绎着，

四年里每一次的心跳。

我是否曾向你问好，

抑或是，如今向你的道别。

白天与黑夜，记忆中的斑马。

响鼻惊落一场谢幕，

散开的白鸽，依旧盘旋。

留下一条条明亮的线。

这一端，

你们和音符一样，

律动而不老。

少年游

晓端（光学与电子信息学院 2019 级）

最孤独的是昨夜的小楼，

最遥远的是明日的轻舟；

最缠绵的是纷扰的情丝，

最柔软的是少年的清愁。

谁不曾想仗剑九州？

谁又能敌过风霜吹皱？

那些荡气回肠的誓言，

都化作腰间一壶酒。

昨夜小楼随波远去，

明日轻舟逐浪漂流。

一双芒鞋踏过苍霞尽处，

三尺青锋指向明月如钩。

愿走过多年,

眸光仍神采依旧。

折一枝翠柳,

赠与我这一场少年游。

夜色

晓端（光学与电子信息学院 2019 级）

悄悄地深夜降临了，

赐予万物以苏醒。

震动的是大地厚重的脉搏，

吹拂的是天空绵长的呼吸。

黑夜睁开她蓝宝石般的双眼，

深情地凝望人间。

她为我插上双翼，

托着我翱翔于穹天。

我听见草种破土而出，

伴着昙花的凋谢；

我看见河海蒸腾而上，

随着冰川的消解。

有银月在圆缺，

有流水在呜咽，

有历史在书写，
有因缘在生灭。

忽然天边泛起鱼肚白一抹，
一切都归于沉默。
是我融入了夜色，
抑或夜色成了我？

远行前夜

晓端(光学与电子信息学院 2019 级)

明日我就将远行,

撑着小舟毅然离去。

母亲啊,请您不要哭泣,

因为这不会是结局。

明日我就将远行,

故今夜我依偎在你的怀里,

假装自己还是个孩子,

听你不厌其烦地说着人生哲理。

明日我就将远行,

时针一分一秒地挪移。

我好怕惹你生气,

小心翼翼地维护着我们的关系。

明日我就将远行，

归来之日遥遥无期。

很久都吃不到你做的面条，

但我会把那份味道酿在心底。

明日我就将远行，

这不会是结局。

请您永远不要忘记，

我就在这里——从未离去。

如果未曾相遇

晓端（光学与电子信息学院 2019 级）

如果未曾相遇，

我便是我的唯一，

独自蜷缩于

世界的幽暗角落，

冷眼旁观着

人群的攘攘熙熙。

你蓦然闯入我的天地，

如早春的一丝暖意。

刹那间消融的——

不是冰雪，是我的唯一。

从此我成为一抹光线

徒劳地追逐你的影。

如果未曾相遇，

像两条平行线永无交集。

我摆渡于红尘中，

茫然未知生命缺了你。

不敢想象独行的道路，

我该如何走下去。

不，不会有如果，

幸好我们确乎相遇，

于茫茫人海中，

我遇见了你。

雪与舞

晓端（光学与电子信息学院 2019 级）

悄然间我重回人世，

再相见你应已不识。

我飘然于天地间，

却忘了自己的名字。

转过巷陌墙角，

穿过枝头树梢，

我寻觅着，寻觅着

一个炽热的拥抱。

多留恋，

你的一颦一蹙，

与你发丝的柔乌，

甚至手心的温度。

你在飞雪中独舞，

我于舞步间彳亍。

你是茫茫纯白之外
唯一的一抹颜色。

但请允许我离去，
去寻找真正的归宿。
我知道，
你的美丽不曾独属。
于是我别了你的衣襟，
飞往下一程旅途。

或是扑向温暖的炉火，
微笑而伴着"滋滋"的清响；
或是贴在冰冷的玻璃窗，
叹息而投出满足的眸光。
我要融化于冬日的暖阳，
不在意将去向何方。

遗忘了曾经的苦中作乐，
亦无多少浓郁的不舍。
只是在消散前那一刻，
忽然忆起你的独舞欢歌。

神秘花园（四首）

纪渃童（机械科学与工程学院 2017 级）

（一）

那山雀并没有飞进窗户

是的，如我们所见

但天空是否

因此更蓝些？

"我想——"

有灵魂游离出这一瞬

"我——"可是，谁在说话？

是的，就站在那，我的爱人

如今我也是你了，在鲁米所言的

非在之地

"不——不要接近——"

你的指尖能瓦解我的躯体

"天空确实蓝了——"这多么安宁。

（二）

"难道他们真的相信

爱情仅是那等候终结的欣喜，而不是

一个拯救了另一个？"

山坡瞌睡了

野茼蒿的绒毛在五米远处降落

"这就是我的爱情。"我无可对答

（三）

有人说，"密谈"有其神秘性质

但我无法了解更多

既然这永远只存在于他们之中

他们更有可能在讨论人类的道德

或是与其相似的伪装物，而不是

生命或死亡，如此没有含义

我有时希望和他们思考同样的问题

他们彼此亲近，滔滔不绝

又像大人一样把幼童搁置一边

曾有人类声称听到了这样的神秘

然后穿着长袍站在峰顶（也许正是此处）向我们招手

于是我看见有人跪下（不知出于恐惧还是渴望）

但现在我无法回忆别的事情了——我在努力偷听

泥土的滚动和蛛网的颤抖，或是其他

无穷止息的密语，在"非在"，在上帝与上帝之间

（四）

"如果你刚画成的是那一朵花，

是否可以将它卖给我？"

我把纸送给了这位穿着不入时的客人

画本的裂口又怔怔地望着另一朵

第二天我身边堆了许多撕下的作品

没有人问我一句话——"当然，这里只属于我。"

那天傍晚我沿着红砖小路走回家去

并在牵牛花丛里捡起一条蓝色头巾缠在了头顶

也随我,春天

燕陵零(光学与电子信息学院 2019 级)

也随我

春天

伸出你的触角

远方不远

你触角舞动的地方

我都能到达

明天依旧

如果明天依旧

春天

请接受我这不足为谈的枯枝败叶

请接受你目不暇接的绿色的伤口

也随我

不愿谈及孤独的人

明天已经接近了

我给你唯一的满足

初升的太阳与黎明的阳光

这些不足为提的宝物

往下数千年都是你精神的痂

不必担心,你还拥有遗忘

总有一天靠着痛苦的肩膀也能安然入眠

暗自下雨

燕陵零(光学与电子信息学院 2019 级)

暗自下雨

只淋湿我一半

夜色中他打伞归来

如一封瘦金的短笺

我们在十字路口互换

相逢恨晚的目光

路灯闪亮

请一位此时路过的人

帮我们

寻一个漆黑的地方落脚

爱情与旗子

燕陵零（光学与电子信息学院2019级）

我回来见你

也经过杨柳和松柏

你告诉我忘记了的

我告诉你还记得的

我去往你的路途中

时而下雨 时而下雪

这些都是微小的事

夜晚我在旅店

窗外总有灯光照进来

我睡不着，闭眼里卧着一只

无精打采慢而温吞的小兽

像一只猫

你会突然说，猫啊

古埃及人尚猫

谈及一斧一砍的壁画

大笑的声里露出歪扭的立体主义

鹰，蛇，心脏

我望向你因熬夜变得浊黄的肌肤

某时刻突然静下来听轻柔的呼吸

像我去往你的路

像路上吹往我的，风

一寸一寸地暗淡下去

又一寸一寸地重新亮起

食指触着墙壁打圈，掌心飘展

陀氏，托老，薄伽丘

像触摸这些书脊上的名字

一寸一寸地消失

而后一寸一寸地

将暗未暗总让人睡不着觉

我回来见你

不是为了哽咽

残章：布莫让以及遥远的

燕陵零（光学与电子信息学院 2019 级）

布莫让，我遥远的布莫让

奔流的玫瑰色四方涌来

你是所有美丽的喻体

明朝若使我再见不到你

我情愿扔掉眼睛

因为你无比崇高的伟大

接近便意味着失去全貌

只有恬淡的温柔

才能烧毁曾经的悔意

只是眼见即头晕目眩的幸福

不免酿成不得不饮的苦楚

虚空茫茫似乎从来无所去处

影姿绰绰谁知她踏错了舞步

莫不让，请让我叫你遥远的布莫让

活在那里的我是否还记得

这颗梦中蓝白相间的星球

仿佛伸手就能触及，仿佛没有真相只有

无穷无尽的世界

那晚我在天文台，灵魂也刹那地消失

我也曾感觉到，感觉到火一般的东西

在湮灭，在燃烧，在涨落，在旋转

啊，梦醒得太早也太晚

原谅，原谅吧！

你在我的光锥之外

我在你的百亿年前

猝然惊醒

只听到短促的蝉鸣

岔 路

章宇

我有时顺着一面峭壁攀登

有时却随意掉落

没有安全绳,进入深深的峡谷

那里,我的触觉变成声音

谷底的杏子,腐烂,黑黑的眼圈——

"我在它们后面凋零"

小窗

章宇

我居住在

燕子厌弃的屋檐

缩于钢筋水泥,不能

轻易呼吸

看见一棵竹子,正轻轻抽节

风声像我

羡慕地呜咽

我想,

只要阳光可以给我,它的金子

我就能,剪掉身上所有的病症

因为一只路过我的蚂蚁,曾对我说

你是死的

你是如此透明,也如此冰冷……

雪与你与夜的相思

Sal（光学与电子信息学院 2018 级）

一声不吭，风冷冷地坐在我的窗前
我想写雪，写……你，写夜的思念

我想写你，写雪中的你，写
你掌心的雪；
我想写我掌心的你，我……想写：

"是你一声不响地走到我的身后
用交叉的十指，蒙住我的双眼"

"是你绿色的帆布鞋
踩在咯吱作响的雪上
踩灭
我眼中蓝色的火焰"

我想写"是你,娇小冰凉的食指

勾住我农人般的粗犷"

"愿今夜你梦中初雪烂漫

愿明早的皑皑白雪 映满你的窗棂"

倘若上帝是诗人,他会写雪,写夜的孤独

可即使我是诗人,我想写你,却永远,写不出

雪

周轶卓(物理学院 2018 级)

天上的云

寒夜将他的骨骼挫成粉

扬在风尘里,人间便有了雪

层层的冰晶,细碎的云骨

堆叠在地上

人们走过这里

脚下沙沙地,埋藏着云自由的往事

地上会被染成泥的黄色、鞋的黑色、爆竹的红色

从此,世间,再无白的东西

雪,记住时空扭曲的地方

向上为月,向下为地

莫要像潮汐流浪四方

雪,人类有染料、盐和白砂糖

有火炉、雪橇和温房

人间的温暖太叫人沮丧

雪，操场是个安眠的好地方

当你是云的时候

也是这般

风中飞舞着

自由得身不由己

我看到她，水中的影子

无题

周轶卓（物理学院 2018 级）

那是墨色的空气中

沉淀出的瞳孔

缓缓睁开

从海边采来

唱着童谣

我将那时间

一块一块

一粒一粒

送给你

或抹在身上

春阳让我能睁大眼睛

变奏的曲线

圈起路边的碎石

把所有都带上
为了看到
更雄浑的界限
看清
如何为你

在鹿喝水的地方

周轶卓（物理学院 2018 级）

我们终将相见

在麋鹿喝水的地方

那时我要俯首

潜入你的眼眸

在幽蓝的风里，守夜者的灯火飞舞

落日里的风帆远去了

田野上的黑牛奶咕嘟咕嘟

城市里的风箱嗡嗡哼唱，灯盏熄掩

水滴，于是，放肆地浸湿骨魂

芬芳的唇缄住了

远方的絮语，自存在之前

便是温柔的代言

我痛恨停在天上的缫丝

正如你爱它们

我找不到看不见的妆镜,自感受之前
你躺在自身以外

我们要是再会
在鹿俯首喝水的地方
那时我会伸手
揽入你的重量
那时我会流泪
如寂静
未承载我时一样

无关风月,分外想你

张心莹(物理学院 2022 级硕士)

那天的风,

和煦中带些慵懒,

柔柔地,

拂过旅人的脸颊,

就像缓缓扶起我背的手,

在耳边低声嘀咕着:

快去寻她,快去见她。

那天的路,

细长而不失颠簸,

弯弯绕,

绕着线越收越近,

心里眼里的人越发清晰,

宛若临别信的笔迹,

满纸惬意,满心欢喜。

那天的钟，

走得太快太快了，

转几圈，

天湖渐斑驳陆离，

我俩立在候车亭等车来，

悄悄是别离的笙箫，

无声悠扬，无限绵长。

那天的夜，

车窗里探头望去，

无明月，

脑内翻滚着今日的画面，

帧帧闪过的，

是夏日里的双皮奶，

甜酸梅汤，辣鸡柳串。

廿一有余，

我曾言遇见太多的人，

有匆匆没入人海的，

有惺惺相惜久久的，

与你共处，

舒服自在畅所欲言。

人生无所谓太多讴歌，

种种或许有很多表达，

但，做不被定义的，

个体、灵魂、联结。

不外是桌边食客，

无人来，

便自斟自饮，

你若来，

便有酒有茶，

总有一席留待佳人，

一起诗酒趁年华！

初雪乍喜——我的第一场雪

张心莹（物理学院 2022 级硕士）

疾梳妆，丝丝如缕，

推门下石阶，乍喜开怀初雪。

雨夹雪，纷飞点点，

落枝头眉梢，梧桐叶黄满地。

由粒至片，手欲捧一抔，

衣襟先染了白。

粤人到鄂，未曾亲近尔，

笑若稚儿欣然。

待雪厚，以指代笔，

轻轻柔柔，篆刻你的名字。

轻轻柔柔地，喃喃自语；

柔柔轻轻地，飘飘似雪。

初雪乍喜，欢喜于你。

睁眼到天明

张心莹（物理学院 2022 级硕士）

天，蒙蒙亮，

几颗星，点缀其中。

话，娓娓来，

那些年，贯彻首尾。

夏日的夜，总是不长，

醒得比好多人都早。

但总有不眠的人，

为着各种不眠的理由不眠。

各种催眠仍未眠，

各种安眠却难眠。

一人爬起，披头散发，

凌乱摇晃地倒向浴室。

迷离地看着镜子，

纹理里挤满了时间的痕迹。

这是天使的天堂,

也是恶魔的魔域。

笑或哭,

善或恶,

就在一念之间吧?

不眠的人,

游荡的魂,

真的分不清楚了!

嗜泪

张心莹（物理学院 2022 级硕士）

快看

天空都在落泪

一颗心怀着悲悯

泪珠滴滴落落串串累累

风好似帕儿

拭痕丝丝缕缕颤颤巍巍

翠绿

胡勇（武汉光电国家研究中心 2022 级硕士）

杏叶在脚下不时窸窣

仰头为利于呼吸

时间带来的浑浊让人害怕

更无力至于垂头

缝隙中点点绿色打破世界的主旋律

太过渺小的顽强

脚过的风便将它淹没

希望只刹那

终将是无能为力

我被风推出树林

被踩趴的小草依旧有坚挺的模样

只是一些别的东西暂时黄了

时间和努力会焕发生机

我此刻应该是它

自含鲜艳的翠绿

坚守着

等待春天来临

午后

陈海锋(物理学院2022级硕士)

阳光透过棱锥天窗洒下来,

方形瓷砖映着菱形日光。

银色光泽围栏,

护着暗红色皮质沙发,

旁立植株,其后白墙,

衬着或坐或站,或行或止之人。

夏日高温,阳光曝人,

实可慵懒,

我,什么都不做。

痛

王隆湘（同济医学院 2021 级）

我们与它们是平等的

诞生于大自然

被大自然抚育

当我们的双手拿起工具时

当我们不再茹毛饮血时

当我们的智力开始高速发展时

它们却不知不觉地离开我们了

为了显示我们的勇敢

我们剥下了它们的皮毛

为了使我们的房屋更加繁饰

我们砍下了它们的头

拿走了它们的牙

为了满足我们的一己私欲

我们不断地猎杀它们

并以此当作最高荣耀

当它们只留下标本照片时

当它们的鲜血喷涌而出时

当它们消失在时间的长河中时

看着我们血淋淋的双手

何其悲哀!

梅

王隆湘(同济医学院 2021 级)

冬日,阳光,盛放,

静待吻大地。

寒风没能摧毁我,

一朵,一朵

含苞待放,

一点,一点

芳香弥漫。

可为何,他们摘下了我

轻嗅一下,

随之丢弃。

我是一株梅,

一株无话的梅。

苦涩

王隆湘（同济医学院 2021 级）

该如何去形容这样一份感情

是想到你时的胸闷气短

是看到你时的面颊发烫

或是你萦绕在我脑海时的心烦意乱

还是想和你分享眼前的繁花似锦

爱意如潮水般汹涌

有铺天盖地席卷一切之势

只是这些

你都不知道

连绵阴雨

王隆湘（同济医学院 2021 级）

灯光在水中摇曳

我遁入城市的另一端

你的每一次滴落

都让我颤抖不已

清冷而富含水汽的

空气侵入鼻腔

就像你无声无息地

侵入我的心脏

子夜感怀

王隆湘（同济医学院 2021 级）

临睡前思绪万千

只恨

不能看到苏轼当年的

月光

夜色未入户

无承德寺

无张怀民

唯有幢幢高楼

月光在此寸步难行

灯光璀璨

冷星相形见绌

家园遭变故

再无小扇扑流萤

走，去拉萨

樊卓源（生命科学与技术学院 2022 级硕士）

印象里那年高考完假期的一个下午

父亲对我说

走，去西藏

上车的时候我还抱着怀疑

第二天凌晨　到达了布达拉宫

于是　每当疲惫的时候

总是告诉自己

走，去拉萨

虽然清楚　骑着小电车去不了拉萨

但想到 是在去拉萨的路上

也能得到短暂的放松和开心

即使身体被封禁在一隅

灵魂也要驰骋在无垠的原野

现在

我每天走在去拉萨的路上

二月十六

崔一帆（武汉光电国家研究中心 2022 级硕士）

江南有的是雨

杏花雨

杨柳风

望着天棚上的圈和圆

参不透玄妙却生无奈

若是明朝

游子离家远

新燕叫风西

谁消失在烟雨朦胧无声哽咽

谁又念着新居未暖絮絮叨叨

异乡人最是期待一睹江南水乡的雨

江南人最是害怕

怕的不是无处躲避的雨丝

怕的不是戏耍世人的妖风

怕的不是入骨铭心的湿冷

怕的是什么

一任阶前，点滴到天明

夜

崔一帆（武汉光电国家研究中心2022级硕士）

如果液珠滴落成花

如果硬棒敲出节拍

如果我尚有意识

是谁抬着实心木材

管他是谁

而我坐在它上

走过萤火

走向明亮的目的

那有许多英灵

他们酹酒

为消散的荣耀

祈祷英雄以铁重铸

我会变成什么

为什么自己会在沙漠

孤独充满的心感觉不到渴

僵尸、猴子、谄媚的蚯蚓

我不尊重你

成为脚下的细沙也好

我渴望成为一份

他们却避之不及

我被扔在了黑热地心

第一首诗

崔一帆（武汉光电国家研究中心2022级硕士）

你可知道

每年有一段时日

九天下场雨

八步起阵风

那是我化作人间的风雨

伴着所爱之人

倒是你忘了

人世间的四月

是自己

你我邂逅在

池中荷花枯萎的季节

从那时起的每个夜里

你都摇身

化为润泽发亮的红叶

幻成盈盈细舞的白蝶

装点着我的梦

你可曾见过草上飞着的雨？

见过枝头上点缀的梦？

那是我在候着你的回音的时候

对共筑未来的甜蜜幻想

又对一厢情愿的担惊受怕

我最亲爱的

喊着就已经很甜蜜了

搅拌着害羞

就着时光的幸福饮下

是否会更加亲密呢

后记

2018年，国家大学生文化素质教育基地出版《献璞集——华中科技大学大学生诗歌选（第一辑）》，大大激发了学生们的创作热情，参与诗歌创作的学生更多，作品质量更高。为进一步展示学生们的创作成果，我们又征集、评选了近三百首优秀大学生诗歌作品，作为第二辑整理出版。

《献璞集——华中科技大学大学生诗歌选（第二辑）》的作者包括本科生、硕士生和博士生，广泛分布在光学与电子信息学院、集成电路学院、物理学院、船舶与海洋工程学院、同济医学院、管理学院等二十多个学院。这本小书的出版是对爱好诗词创作的华中大学子极大的鼓舞，也是我校文化素质教育的阶段性成果展示。

华中科技大学一贯重视文化素质教育，以杨叔子院士为代表的老一辈科学家、教育家，身体力行，以极大热情推动大学生文化素质教育的深入开展。文化素质教育基地主任欧阳康教授对大学生诗歌选集的出版给予了大力支持，人文学院路成文、李军均、谢超凡老师亲自参与诗词的评选和修改，华中科技大学出版社编辑团队也为之付出了很多心血，在此一并表示感谢！

  诗歌是中华优秀文化的精神载体和重要组成部分。从《诗经》、楚辞到唐诗、宋词、元曲，再到近现代以来的新诗和旧体诗词，一首首优美的诗篇，彰显了中华文化的璀璨辉煌。华中科技大学学子热爱传统文化、热爱诗词创作，夏雨诗社许皓洋、李豪、周轶卓、旦佳，人文学院周杰等同学踊跃投稿并参加作品集的整理工作。这些作品或许还有些稚嫩，但朝气蓬勃，积极向上，体现了当代大学生的勇锐之气。希望他们能够始终保有这份热情，通过创作更多优秀的诗词作品来传承弘扬中华优秀传统文化。

编 者

2023 年 6 月 1 日